Rita Egger

Herrn Alfons' Weihnachtsabend

ISBN 978-3-7059-0329-6
1. Auflage 2011
Texte: © Rita Egger
Illustrationen: © Brunhilde Loferer

© Copyright Herbert Weishaupt Verlag, A-8342 Gnas
Tel.: 03151-8487, Fax: 03151-84874
e-mail: verlag@weishaupt.at
e-bookshop: www.weishaupt.at
Sämtliche Rechte der Verbreitung – in jeglicher Form und Technik –
sind vorbehalten.
Printed in EU.

Rita Egger

Herrn Alfons' Weihnachtsabend

Winter- und Weihnachtsgeschichten

Weishaupt Verlag

Inhalt

An der Loipe	7
Streit im Schnee	12
Winter – so oder so?	17
Spuk am Kamin	18
Sankt Nikolaus	24
Oma erzählt	25
Der Professor	33
Der Schneemann	48
Wintertage in Innsbruck	56
Ihr Traum	68
Das Kind der Nachbarin	74
Christkindlmarkt	83
Die Hexe	84
Weihnachtsklänge	92
Herrn Alfons' Weihnachtsabend	93
Bergweihnacht	99
Alleluja	106
Die Nächte des Hirten	107
Tu auf!	111

An der Loipe

Liesel saß auf der Bank vor einem Heustadel. Sie hatte die Augen geschlossen und genoss die wärmenden Sonnenstrahlen. Ihre Schi hatte sie in den Schnee gerammt und den kleinen Rucksack neben sich abgestellt. Vor ihr lief die Langlaufloipe durch ein glitzerndes Schneefeld, ein paar Bäumchen standen verstreut darin, im Hintergrund erhob sich das verschneite Gebirge.

„Gestatten Sie", sagte da neben ihr eine Männerstimme. Bereitwillig rückte sie ein wenig zur Seite und der Ankömmling nahm neben ihr Platz. Auch er hatte die Schi abgestellt und zog nun eine Wurstsemmel aus seinem Rucksack. „Ich wollte auf der Gamshütte essen, aber die war nicht offen. Zum Glück hat mir meine Schwester eine Jause eingepackt", plauderte er. Liesel war erstaunt. „Da sind Sie ja schon weit gelaufen. Die Gamshütte ist gut zehn Kilometer entfernt", sagte sie, „und heuer ist sie geschlossen." Sie lachte, denn sie selber liebte die kleine Runde von fünf Kilometern, vor deren Ende sie diese genussvolle Sonnenrast einzulegen pflegte, und sie erzählte ihm das. Er bemerkte: „Meine Schwester mag weite Touren auch nicht. Ich hätte ja mit ihr einen Kompromiss gemacht, aber heute hat sie Dienst. Sie ist eine Krankenschwester." Jetzt erwachte ihr Interesse, denn das war sie auch. Sie brauchte nicht zu fragen – er fuhr gleich fort: „Franziska arbeitet an der Kinderstation." Nun wusste Liesel, wer er war, denn Franziska war seit einigen Monaten ihre Kollegin, ein nettes Mädchen, und sie hatte erzählt, dass ihr Bruder gerade von einem längeren Auslandsaufenthalt zurückgekommen war. Schon wollte sie sich vorstellen, doch da ritt sie der Schalk. Sie behielt ihr Wissen für sich, um dann Franziska oder ihn zu necken. Wie, das wusste sie noch nicht.

Es war nicht schwierig, ihn zum Erzählen zu bringen, er hatte ja viel erlebt und freute sich, nun wieder in der Heimat zu sein. Je länger sie plauderten, desto besser gefiel er Liesel, aber nun konnte sie nicht gut zurück, denn wie hätte ihr langes Schweigen ausgesehen? Durch Franziska konnte sie ihn ja wiederfinden, und dann würde ihr schon etwas einfallen, um das zu erklären. Sie konnte ja auch ihre „bösen" Absichten zugeben. An eine Neckerei dachte sie nicht mehr.

Auch der junge Mann fand Gefallen an Liesel. Es schien ihm, dass das auf Gegenseitigkeit beruhe, und er fand keine Erklärung für ihre Zurückhaltung.

Als es kühler wurde, brachen die beiden auf. Liesel wollte nicht mit ihm zugleich zum Parkplatz, um sich nicht vorzeitig zu verraten. Daher sagte sie nach einer kleinen Strecke, sie habe anscheinend bei der vorletzten Rast etwas liegen gelassen und müsse zurück. Natürlich wollte er sie begleiten, aber das konnte sie abwehren. Sie ließ sich so lange Zeit, bis sie sicher war, ihn nicht mehr beim Auto anzutreffen und fuhr dann nach Hause.

Sie musste sich ein paar Tage gedulden, denn nun hatte Franziska frei. Als die Kollegin wiederkam, sprudelte diese sogleich los, erzählte von ihrem Bruder, wie glücklich er sei, wieder daheim zu sein, und dass er am Sonntag eine Langlauftour gemacht habe. „Denk dir", fuhr sie fort, „er hat da ein nettes Mädchen kennen gelernt." Liesel wollte sich schon freuen, aber dann kam es: „Auf dem Parkplatz hat er sie getroffen. Ihr Wagen hatte eine Panne, er half ihr, und so wurden sie näher bekannt und haben sich schon mehrmals getroffen." Liesel schwieg verstört. In diesen paar Tagen gleich schon mehrmals? Franziska beobachtete sie genau, schien aber ihre Gefühle nicht zu bemerken oder ging zumindest nicht darauf ein. „Er will sie mir heute vorstellen. Im Café vis-à-vis, nach Dienstschluss. Du musst unbedingt mitkommen, denn ich habe keine Lust, zuzuschauen, wie die beiden nur Augen füreinander haben." Nun hatte Liesel dazu erst recht keine Lust, aber in der Verwirrung fiel ihr keine Ausrede ein. Oder wollte sie ihn einfach wiedersehen, ganz egal, unter welchen Umständen? So trottete sie gehorsam, hinter Franziska her, in das kleine Café.

Da saß er allein an einem Tischchen. Als die beiden Mädchen eintrafen, sprang er auf und ging ihnen entgegen. „Darf ich vorstellen", sagte Franziska feierlich. „Liesel, das ist mein Bruder Hansjörg. Hansjörg, das ist das nette Mädchen von der Loipe, das dir so gut gefallen hat, dass du auf dem Parkplatz in Wirklichkeit keine Augen für andere weibliche Wesen hattest." Liesel wusste nicht, wie ihr geschah. Die Geschwister brachen in so herzliches Gelächter aus, dass sie mitlachen musste.

Die Lösung des Rätsels war einfach. Hansjörg hatte an ihrem Rucksack das Adressenschildchen bemerkt und von Anfang an gewusst, wer sie war. Er wollte nicht gleich mit der Tür ins Haus fallen, schämte sich vielleicht auch, dass er das Schildchen studiert hatte – und konnte sich dann ihre Zurückhaltung nicht recht erklären. Zu Hause sprach er mit seiner Schwester darüber. Diese kannte ihre immer zu

Scherzen aufgelegte Kollegin, und hatte beschlossen, den Spieß umzudrehen.

Nun saß Franziska da und schaute zu, wie Hansjörg und Liesel nur Augen füreinander hatten – und es schien ihr nichts auszumachen.

Streit im Schnee

Der Schihang war ausgezeichnet präpariert und Ingrid glitt leicht dahin. Gerade von hier aus hatte sie eine prachtvolle Aussicht ins Tal. Ihr fiel plötzlich ein, sie könnte ein Foto machen, und sie bremste scharf. In diesem Augenblick kam ein Schifahrer von oben, konnte nicht mehr ganz ausweichen und beide stürzten. Es war glimpflich abgegangen, und als sie wieder auf den Beinen standen, fauchte Ingrid: „Können Sie nicht aufpassen, Sie Raser!" Er konterte: „Bin ich ein Hellseher, dass ich Ihr unmotiviertes Bremsmanöver voraussehen kann?" Sie darauf: „Warum müssen Sie auch so schnell fahren, Sie sehen ja gar nicht, wie schön die Gegend ist!" „Schifahren ist keine Sightseeing-Tour!" Das Geplänkel ging noch eine Weile weiter, dann setzte er seine Fahrt senkrecht den Hang hinunter fort, sie machte ihr Foto und fuhr gemütlich weiter, schräg hinüber zum Gasthof, in dem sie mit ihrer Schwester Waltraud, deren Mann und zwei Kindern wohnte.

Die junge Familie saß schon auf der Sonnenterrasse. Ingrids Ärger hatte sich inzwischen gelegt, sie sah auch ihren Anteil an der Kollision ein, und sie erzählte ihrer Schwester lachend den Vorfall. „War er fesch?", fragte Waltraud, denn ihr war ein Glitzern in Ingrids Augen aufgefallen, als sie die Worte des Gegners genau zitierte. „Ich hab ihn doch nicht angeschaut", wehrte diese entrüstet ab, aber Waltraud glaubte ihr nicht.

Kaum eine Stunde später – sie hatten ihr Mittagessen eingenommen und die Kinder spielten an den Spielgeräten – strafte Ingrid sich selber Lügen, denn sie stieß Waltraud an und sagte: „Schau, da drüben, das ist er!" Ein hochgewachsener, sonnengebräunter Kerl betrat gerade die Terrasse und schaute sich suchend nach einem Platz um. Einige Tische weiter fand er einen, doch mit dem Rücken zu Ingrid, er hatte sie nicht bemerkt. Er gab seine Bestellung ab und lehnte sich gemütlich im Stuhl zurück.

Waltraud sah auf die Uhr und meinte: „Wenn wir heute zum Gipfelrestaurant fahren wollen, muss ich die Kinder umziehen. Wartet ihr hier?" Ihr Mann Hubert und Ingrid waren einverstanden und sie ging zum Spielplatz. Die beiden Zurückgebliebenen bestellten sich einen Drink und plauderten locker weiter.

Erich, Ingrids „Kontrahent", hatte inzwischen seinen kleinen Imbiss verzehrt und strebte zum Haus. Dabei bemerkte er Ingrid und nickte ihr ein bisschen spöttisch zu. Auf Hubert ließ er seinen Blick kurz haften, dann verschwand er in der Tür. Ingrid blieb mitten im Satz stecken, doch sie fasste sich gleich wieder. Schon kam auch Waltraud mit den Kindern zurück und alle brachen auf.

Vom Gipfelrestaurant hatte man einen herrlichen Rundblick auf all die Gipfel, die Schneehänge, die dunklen Wälder und tief unten die kleinen Dörfer. Auch hier gab es einen Spielplatz und die Kinder nahmen ihn sogleich in Besitz und konnten sich nicht genug tun mit Klettern und Schaukeln, während die Großen sich an Kaffee und Kuchen gütlich taten. Plötzlich tönte lautes Geschrei herüber und Ingrid, die am Rand saß, eilte sogleich zu Hilfe. Es war ein Streit um die größere Schaukel ausgebrochen. Noch ehe Ingrid eintraf, hatte sich schon ein anderer Schiedsrichter eingefunden: Erich, der Mann von der Piste. Ingrid blieb stehen und beobachtete, wie geschickt er mit den kleinen Streithanseln umging und wie bald diese wieder friedlich, zusammen mit ihm, spielten. Trotzdem konnte sie sich nicht enthalten, schnippisch zu sagen: „Na, dann kann ich ja wieder umkehren, wenn sich da schon einer um Kinder kümmert, die ihn nichts angehen." Er gab ärgerlich zurück: „Bei dieser Mama wundert es mich nicht, wenn in der Kinderstube die Fetzen fliegen!" In Erichs Stimme klang Enttäuschung – und das nicht nur wegen der mangelnden Einigkeit auf allen Seiten. Er hatte sich eben klar gemacht, dass die streitbare junge Dame, die ihm trotz allem gefiel, eine Mutter war, und wenn er an den Mann auf der Terrasse dachte, keine alleinerziehende. Er überließ ihr das Feld und hörte nicht mehr, wie Peterl und Maria freudig ihre „Tante Ingrid" begrüßten. Allerdings konnten die Kinder mit ihr dann wenig anfangen, denn sie war zerstreut und dachte nur darüber nach, warum sie so kratzbürstig gewesen war.

Auch die nächste Begegnung am Abend trug nicht zur Klärung der Situation bei, denn Ingrid saß gerade mit ihrem Schwager an der Bar, während Waltraud die Kinder zu Bett brachte, als Erich eintrat. Er setzte sich schweigend ans andere Ende der Theke. Als sich nach einer Weile Waltraud wieder zu den Ihren gesellte, änderte das nichts mehr an seiner Meinung.

Nun war es Ingrid, die sich eingestand, wie unglücklich sie über die Situation war. Sie entschuldigte sich bei ihren Leuten, als ob sie zur Toilette wollte, und sagte im Vorbeigehen zu Erich: „Ich glaube, ich war ungerecht – nichts für ungut!" Er nickte nur ernsthaft, tat, als ob er ihr Zögern nicht bemerke, und machte zu ihrer Enttäuschung keine Miene, sie zum Platznehmen einzuladen. So musste sie eben wieder zu Schwester und Schwager zurückkehren.

In den nächsten Tagen fand keine Begegnung statt, denn Erich hatte sich zu einer mehrtägigen Hüttenwanderung mit Schiern angemeldet. Ingrid verbrachte mit der Familie fröhliche Schnee- und Sonnentage. Sie hatte sich schon damit abgefunden, dass ihre Begegnung mit dem Kerl von der Piste nur eine Seifenblase war.

Ein paar Tage später war er wieder da, aber er wich ihr geflissentlich aus. Nur Waltraud bemerkte, dass seine Blicke doch immer wieder Ingrid suchten, wenn sie nicht hinsah.

Schließlich kam die Wendung von den Kindern. Ingrid war mit ihnen auf dem Kinder-Schihang, als Erich dort vorüberkam. Sogleich schrien sie: „Tante Ingrid, Tante Ingrid, schau, mit dem Mann haben wir neulich gespielt!" und sie eilten auf ihn zu. Diesmal hörte er den Tante-Titel ganz deutlich, und ihm ging ein Licht auf.

Müssen wir noch weiter erzählen?

Winter – so oder so?

Grauer Himmel, Nieselregen,
Schmutz und Nässe allerwegen –
nein, das kommt mir nicht gelegen!

Schnee in dicken weißen Wogen,
strahlend blau der Himmelsbogen –
das hab ich stets vorgezogen!

Ein gemütlich warmes Zimmer
und ein Tisch im Kerzenschimmer:
Winterfreude – immer, immer!

Spuk am Kamin

Im Kamin waren die Scheiter heruntergebrannt, nur unter der Asche glimmte noch die Glut. Es war wohlig warm im Raum.

Ein zottiger Krampus mit Hörnern, einer langen roten Zunge und einem Schweif kam zur Tür herein – es war Klaus, der halbwüchsige Sohn des Hauses. Er schaute zur Uhr. Gleich sechs, in einer Viertelstunde würde seine kleine Schwester Mirjam von der Singprobe nach Hause kommen und er wollte sie erschrecken. Aber zuerst musste er sich aufwärmen – trotz seines Tobens auf der Straße war er ziemlich ausgefroren. Er holte eine Decke vom Sofa und kuschelte sich in ein Fauteuil neben dem Kamin. Bald begann er zu dösen und nahm nur im Halbschlaf wahr, wie seine ältere Schwester Lisa mit ihrem Freund Markus zur Tür hereinkam, ohne ihn zu bemerken.

„So nicht!", sagte sie heftig. „Was fällt dir ein, mir mitten unter den Krampussen einen Antrag zu machen! Ich finde Krampus oder meinetwegen auch Nikolaus für keinen passenden Verlobungstermin. Außerdem möchte ich noch unverlobt in den Winterurlaub fahren." „Du hast immer einen Grund zum Verschieben", knurrte er pikiert und legte das Schächtelchen mit dem Verlobungsring achtlos auf das Tischchen vor dem Kamin. „Wenn du dir nicht sicher bist, kann ich's mir ja auch noch mal überlegen." Er meinte das nicht ernst, aber da Lisa nicht widersprach und auch sonst keine freundliche Geste machte, ging er mit flüchtigem Gruß weg und sie begab sich in den oberen Stock in ihr Zimmer. „Die Hexe!", murmelte Klaus für sich, in schöner Solidarität mit dem Mann. Dann war er wirklich eingeschlafen.

Da flammte es im Kamin auf und Lisa kam auf einem Besen als Hexe daraus hervorgeritten, umgeben von einer Schar kleiner Teufelchen und hinter ihr noch eine Menge von alten und jungen Hexen. Klaus schloss sich der wilden Gesellschaft sofort an. Der Flug ging durch die Nacht über die Lichter der Heimatstadt, hinaus über die Berge, zum Harz und dem Brocken mit dem berühmt-berüchtigten Hexentreffpunkt, dem Blocksberg. Dort stürzte sich die ganze Horde in die Tiefe, nur Lisa und Klaus blieben in der Luft. Sie flogen nun über ebenes Land. Je weiter sie kamen, desto heller wurde es, und Lisa saß nicht mehr auf einem Besen, sondern auf einer hellen Wolke und schaute ganz freundlich drein. Auch Klaus befand sich auf einer solchen und hatte keine Zotteln, Hörner und sonstigen Teufelszutaten an sich.

Bald tat sich vor ihnen das Meer auf, Klaus sah unter sich eine Riesenstadt und er erkannte, dass das Rotterdam war. Er saß nun mit Lisa in brüderlicher Eintracht auf demselben himmlischen Fahrzeug, das immer tiefer herabglitt, so dass sie sehen konnten, was im Hafen vor sich ging. Da war gerade ein riesiges Schiff mit dem heiligen Nikolaus und vielen Englein angekommen. Nikolaus bestieg einen prächtig geschmückten Schimmel und es formierte sich ein Zug. Klaus nickte Lisa zu und sagte begeistert: „Genau so habe ich es letztes Jahr in der Wochenschau gesehen!"

Aber ehe sich die beiden dem Zug anschließen konnten, ertönte die Stimme ihrer Mutter: „Klaus, Klaus, geh dich waschen und komm essen!"

Da fand Klaus sich allein und im Krampuskostüm vor dem Kamin und er beeilte sich, dem Ruf Folge zu leisten, denn er spürte plötzlich einen Bärenhunger.

Als die Familie um den Tisch versammelt war, fragte die Mutter: „Wollte Markus nicht zum Essen bleiben?" Noch ehe Lisa antworten konnte, platzte Klaus, nun wieder ganz der ruppige jüngere Bruder, heraus: „Sie will ledig bleiben und eine alte Jungfer werden, da ist er gegangen!" Lisa warf ihm einen bösen Blick zu. „Ach, weißt du", sagte sie zur Mutter, „dir ist es ja auch recht, wenn wir mit der Verlobung noch ein bisschen warten." Es wurde nicht weiter darüber gesprochen.

Nach dem Essen erinnerte sich Lisa an den Ring und ging in die Halle. Aber da war er nicht mehr! Hatte Markus ihn doch wieder eingesteckt? In ihrer Erinnerung war es nicht so. „Klaus! Klaus!", rief sie. „Hast du den Verlobungsring genommen?" Klaus kam herunter und wies den Verdacht energisch von sich. Auch er erinnerte sich dunkel, dass Markus das Kästchen liegen gelassen hatte. Fast wollte er denken, dass eines von den Teufelchen im Hexengefolge es genommen hätte, aber er scheute sich doch, diesen Verdacht laut auszusprechen.

Noch ehe sie zu einer Erklärung kamen, klingelte es. Markus stand draußen, die Mutter ließ ihn herein. Er war unschlüssig, ob er eine Versöhnung versuchen oder den Ring zurückverlangen sollte. Auch Lisa reute zwar ihre Heftigkeit, aber ihre Weigerung wollte sie nicht einfach zurücknehmen, obwohl sie diese schon bedauerte. Um so unangenehmer war es ihr, dass sie nun nicht wusste, wo der Ring war und ob sie Markus danach fragen sollte. Tat sie das, sah es doch wirklich so aus, als ob sie ein Interesse daran hätte. Wenn sie aber nichts sagte, und er hatte den Ring nicht genommen – was musste er dann von ihr denken?

Die beiden begrüßten sich eher schüchtern, was man von keinem von ihnen gewöhnt war.

Ehe die Situation zu peinlich wurde, kam als rettendes Engelchen Mirjam die Stiege heruntergeeilt. Sie hatte Markus ins Herz geschlossen und rief nun strahlend: „Rate, Markus, was mir der heilige Nikolaus gebracht hat!" Die Mutter wunderte sich. „Es war ja noch keine Bescherung!", sagte sie. „Oh ja", erklärte Mirjam. „Als ich nach Hause kam, fiel ein Licht aus dem Kamin auf das Tischchen, und da lag ein Päckchen für mich." „Aber Kind", wandte die Mutter ein, „wenn da ein Päckchen lag, kannst du es doch nicht gleich für dich nehmen!" „Doch", beharrte Mirjam. „Neben dem Kamin lag ein Krampus und schlief. Er hatte eine Decke darüber, aber ich habe die Hörner und den Schwanz genau gesehen. Da wusste ich, dass das Päckchen vom heiligen Nikolaus war. Ich sollte es eben finden, wenn ich aus der Singprobe komme. Schau, wie schön!" Damit zog sie ein winziges Püppchen hervor, das trug einen kleinen Schleier und als Krone den Verlobungsring! Alle brachen in Gelächter aus. Markus sagte freundlich: „Das sieht ja wirklich sehr hübsch aus – aber was sagst du dazu, wenn ich dem Püppchen eine neue Krone kaufe, und wir geben den Ring der Lisa" – und leise fügte er hinzu: „wenn sie ihn annimmt?" Und siehe da, die kleine und die große Dame flüsterten „Ja!"

Sankt Nikolaus

In Rotterdam, in Rotterdam,
da kommen viele Schiffe an.
Doch heut ist was Besond'res los:
Da kommt ein Schiff, ganz weiß und groß,
und darauf kann man – o wie schön! –
gar viele kleine Engel sehn,
und in der Mitte – seht nur, seht! –
Sankt Nikolaus persönlich steht
mit Bischofsmütze, Bischofsstab.
Er grüßt und winkt ganz lieb herab
zu all den Menschen, zu der Menge
die auf ihn wartet mit Gedränge.
An Land geht nun der ganze Tross,
da steht bereit ein weißes Ross,
das Nikolaus besteigen kann.
Ein großer Zug formiert sich dann.
Geschenke hat man auch bereit,
darauf ein jedes Kind sich freut.
Der Zug bewegt sodann sich fort,
sucht jede Stadt, sucht jeden Ort,
wo brave Kinder sind im Haus.
Zu ihnen kommt Sankt Nikolaus!

Oma erzählt

(Die „Enkelin Sabine" ist erfunden, aber alles, was erzählt wird, ist wahr)

„Puh, wie es schneit!", sagte Sabine, als ihr die Großmutter die Tür öffnete. Ehe sie eintrat, schüttelte sie den Schnee vom Parka und schlüpfte aus den Schuhen. Dann übergab sie der Oma eine Tasche mit der Bett- und Tischwäsche, die ihre Mutter für diese gewaschen und gebügelt hatte.

Bald saßen die beiden am Teetisch und Sabine langte bei den Brötchen kräftig zu. „Hat es früher in Innsbruck auch so geschneit?", fragte sie. „Und wie! Manchmal denke ich, noch mehr als heute. Einmal ist eine Lawine bis zum Mühlauer Wasserwerk heruntergekommen und hat es beschädigt. In den deutschen Zeitungen stand dann: „Innsbruck von Lawinen eingeschlossen", was natürlich nicht stimmte, und ein Tankwagen mit Trinkwasser kam aus München zur Hilfe angefahren. Meine Freundin, die im betroffenen Stadtteil wohnte, hatte wirklich im 4. Stock kein Wasser, aber sie konnte es im Keller holen. So war es wohl auch in den anderen Häusern, der Tankwagen hatte fast keinen Zuspruch und fuhr bald wieder weg." Sabine sagte: „Letztes Jahr bekamen wir ja in der Stadt kaum einmal Schnee zu sehen." „Das liegt vielleicht auch an der Schneeräumung", meinte die Großmutter. „Damals wurde der Schnee einfach an den Straßenrand geschoben, wo er in hohen Wällen liegen blieb, und er wurde selten weggebracht, was wohl auf das Klima ausgleichend wirkte. Mein Vater, dein Urgroßvater, war einer der ersten Schifahrer in Innsbruck, und er legte es darauf an, nach einer Tour auf den Schiern bis zum Haustor zu kommen." „Gab es da schon Schilifte?", fragte das Mädchen. „Keine Spur! Die Schifahrer trugen ihre Bretteln – und die waren schwerer als die heutigen – selber und zu Fuß auf die Anhöhen.

Hab ich dir die Geschichte von den gebrochenen Schi schon einmal erzählt?" „Ja", sagte Sabine, „aber ich möchte sie gern noch einmal hören!"

„Also, das war so: Vater machte mit einer Bekannten eine Tour – ich glaube, es war zum Hoadl. Oben rasteten sie, neben ihnen eine andere Gesellschaft.

Da hörten sie, wie einer prahlte: ‚Bei einer Schitour ist meiner Dame ein Schi gebrochen, da habe ich sie mit einem Fuß auf meinen Schi treten lassen und bin so mit ihr zu Tal gefahren!' Die Leute machten sich zur Abfahrt bereit, und schon nach wenigen Metern brach einer Dame der Schi. Nun musste er wahr machen, was er behauptet hatte, und es ging ziemlich kläglich. Vater sah ihnen kopfschüttelnd nach und meinte: ‚Ich hätte der Dame das ganze Paar Schi gelassen und wäre mit *einem* abgefahren.' Damals bestanden ja die Bindungen aus Riemen und waren nicht auf den Schuh abgestimmt.

Bald danach brachen sie auf – und der Begleiterin von Vater brach ein Schi! Also musste auch er zu seinem Wort stehen, und es ging ebenfalls am Anfang recht schlecht. Aber er erzählte, er habe es bald erlernt, und die Leute hätten ihn ganz erstaunt angeschaut, wie er so daher kam."

Sabine dachte noch einmal an die Lawinen. „Wenn man von der Hungerburg westwärts geht, kommt man zu einer großen Lawinenwarntafel. Schwester Johanna Maria hat mir erzählt, wie sie einmal im schönsten Frühjahr, ringsum grünte und blühte es, mit einer Bekannten zu dieser Tafel gekommen ist und gelacht hat: ‚Die haben sie vom letzten Winter vergessen!' Sie sind ruhig weitergegangen. Schon nach kurzer Zeit hörten sie ein Getöse und Gedröhne

– knapp hinter ihnen war die Lawine herunter gekommen. Da ist ihnen das Lachen vergangen!"

Die Oma nickte. Dann schmunzelte sie: „Von deinem Urgroßvater gibt es noch eine Geschichte, die habe ich dir bisher nicht erzählt." Sabine nahm sich noch ein Brötchen und sperrte die Ohren auf.

„Das war im ersten Weltkrieg. Vater lag mit seiner Mannschaft in Russland, aber nicht direkt an der Front. Es war bitter kalt und alles verschneit. Die Leute litten sehr unter Kleiderläusen, auch ein Wäschewechsel nützte nichts. Vater ging eines Morgens hinaus in den Schnee. Ein großes Stück von der Baracke entfernt zog er trotz des beißenden Frosts alles aus, streifte den ganzen Körper mit Schnee ab und lief nackt in die Unterkunft zurück, wo er frische Sachen anzog. Am nächsten Tag holte er die Kleider, da waren die Läuse dick gefroren und er konnte sie herausbeuteln. Er hatte lange Zeit Ruhe vor den Plagegeistern. Die Kollegen beneideten ihn, aber keiner wagte es ihm gleichzutun." Sabine lachte. „Hast du mir die Läuse oder den nackten Urgroßvater nicht zugemutet?" Sie bekam keine Antwort.

Sabine fragte nun: „Hat es früher auch Christkindl-Einzüge gegeben?" „Ja", nickte die Oma. „Die ersten in den Jahren vor dem Krieg, angefangen 1934, waren besonders stimmungsvoll. Sie waren nach der Idee einer Gräfin Trapp ganz im Stil von Josef Bachlechner gehalten, einem Tiroler Künstler, der viele Weihnachtsbilder gezeichnet und gemalt hatte.

Es durften nur solche Kinder mitgehen, deren Mütter bereit waren, die Engelskostüme streng nach Angabe zu nähen. Im nächsten Jahr nahmen meine Mutter und die Mutter meiner Freundin Ilse an solchen Nähabenden teil. Die Gewänder wurden aus Flanell gefertigt, meines in Rosa, das von Ilse in Grün. Unten hatten sie einen breiten Rand aus gefälteltem Organdy, und sie waren mit silbernen oder goldenen Sternen benäht. Ein steifer Unterrock aus Packpapier, ebenfalls in Falten gelegt, hielt sie in Form. Dazu gehörte ein Häubchen mit dem Heiligenschein. Aber die Mühe war vergebens, Ilse und ich konnten nie am Einzug teilnehmen, denn wir waren beide am betreffenden Termin immer krank. Nach der Einverleibung Österreichs durch Hitlerdeutschland gab es keinen Christkindl-Einzug mehr, aber ein Foto von unseren Kostümen habe ich noch. Nach dem Krieg wurde dieser Brauch wieder aufgenommen, dann ohne besondere künstlerische Linie. Wir aber waren ihm schon entwachsen." „Wie schade", meinte Sabine.

Dann sagte sie: „Wie war das denn mit der ersten Winterolympiade in Innsbruck? Da soll es keinen Schnee gegeben haben?" Die Oma nicke. „Ja, das war im Winter 1964, da warst du noch lang nicht auf der Welt. Es hatte im Oktober heftig geschneit, aber dann war keine einzige Flocke mehr gefallen und die Spiele standen vor der Tür. Man machte sich mit Witzen Luft. Es hieß, die Stadthonoratioren seien im Krankenhaus. Was glaubst du, warum?" Sabine konnte es sich nicht vorstellen. Die Oma erklärte lachend: „Der schwarze Bürgermeister hatte wunde Knie vom Beten um Schnee und der rote Vize einen steifen Hals vom Starren in die Wolken! Jeden Tag stand ein neuer Scherz in der Zeitung: Ein Engländer sei verhaftet worden, weil er Schnee gegessen habe. Am nächsten Tag hieß es, er sei wieder frei, denn was er gegessen hatte, war nicht Schnee, sondern Gras!

Der Schnee wurde schließlich in großen Lastwagen vom Brenner gebracht und vom Bundesheer auf die Pisten und Loipen aufgebracht. Man hörte nachher, das sei sogar billiger gewesen, als wenn man die olympischen Stätten, Zufahrten und Parkplätze von zu viel Schnee befreien hätte müssen. Die Spiele verliefen erfolgreich, und am Tag der Schlussfeier begann es zu schneien.

Im Sommer wurde dann der offizielle Olympiafilm in den Kinos vorgeführt. Natürlich schaute ich ihn mir an. Er begann mit stimmungsvollen Bildern vom tief verschneiten Innsbruck – und das ganze Publikum brach spontan in Gelächter aus!"

Die Großmutter stand auf. „So", sagte sie, „und nun habe ich etwas für uns, was zum Thema passt." Sie ging in die Küche und brachte einen Kuchen mit einer dicken Haube aus Eierschnee, der ihnen beiden vorzüglich mundete.

Der Professor

Draußen schneie es leicht, der Hörsaal in der Universität war gut besucht und trotz des flauen Wetters folgten die Hörer dem Vortrag von Gastprofessor Harold Wilson aufmerksam.

„Morgen fahre ich mit Hemingway fort. Aber nehmen Sie das, bitte, nicht wörtlich – ich werde natürlich pünktlich hier erscheinen." Damit schloss Wilson seine Vorlesung über „Amerikanische und englische Literatur im Vergleich", und die Studentinnen und Studenten lachten und klopften, wie das an der Uni üblich ist, mit den Fingerknöcheln auf den Pulten Beifall.

„Ist er nicht süß?", flüsterte Alexandra ihrer Freundin Elisabeth zu. Diese schüttelte lächelnd den Kopf. Sie fand den Professor auch nett und vor allem kompetent, aber das Adjektiv „süß" schien ihr doch nicht ganz das Passende.

Die Mädchen gingen mit anderen Kollegen nach vorn um eine Unterschrift, und Alexandra schaffte es, durch eine kleine Bewegung beim Vorlegen der Bestätigung und einen Augenaufschlag, die Aufmerksamkeit des Lehrers zu erregen. Sie bemerkte befriedigt, dass er ihr kurz nachsah.

Der Philosophieprofessor, bei dem sie anschließend hörten, stand kurz vor der Emeritierung und trug langweilig vor, hier tat sich keine solche Frage auf, obwohl auch er witzig sein konnte. Über einen alten griechischen Philosophen berichtete er, er habe gelehrt: Erstens, es ist nichts. Zweitens, wenn etwas wäre, könnte man es nicht erkennen. Drittens, wenn man es erkennen könnte, könnte man es nicht weitergeben. Das kommentierte der Professor in trockenem Ton: „Wozu ein solcher Mensch eine Schule hatte, ist nicht recht ersichtlich."

Beim anschließenden Mittagessen in der Mensa gesellten sich einige Studenten zu den Mädchen und alle konzentrierten sich auf Alexandra, während Elisabeth nur hin und wieder eine wohlwollende Bemerkung erntete. Wenn aber jemand ein Skriptum oder Auskunft über Bibliothekszeiten brauchte, war sie die Anlaufstelle.

Elisabeth lebte mit ihren Eltern hier in ihrer Universitätsstadt Innsbruck in einer Wohnung im 3. Stock eines Miethauses, von der aus eine kleine Treppe in ein Mansardenzimmerchen führte, und das war ihr Reich.

In den Weihnachtsferien hatte sie viel in ihrer Familie zu tun. Sie half bei der Weihnachtsbäckerei, machte für die Mutter Besorgungen, band den Adventkranz und sie assistierte dem vierzehnjährigen Bruder Heinz bei seinen Weihnachtsbasteleien.

Am Vormittag des Heiligen Abends kam für sie eine große Überraschung. Zwei Möbelpacker standen vor der Tür und brachten ihr eine Kommode. Elisabeth wusste nicht, wie ihr geschah, aber die Mutter, die eingeweiht war, erklärte ihr, dass die Großtante demnächst ins Altersheim gehen und ihre hübsche alte Kommode, die das Mädchen immer bewundert hatte, ihr zu Weihnachten schenken wollte.

Mit großer Freude geleitete Elisabeth die Männer in ihr Zimmer, wo das Möbelstück unter dem Mansarden-Fensterchen einen guten Platz bekam. Während sie dann mit einem Deckchen und einer Blumenvase den Anblick krönte, kam Bruder Heinz herbeigeeilt und war sogleich begierig, ein Geheimfach zu suchen, aber Elisabeth lachte ihn aus und schickte ihn aus dem Zimmer.

Die Familie feierte, wie jedes Jahr, einen schönen heiligen Abend und sogar der Junior machte getreulich mit und präsentierte stolz seine Geschenke: Ein Gewürzständerchen für die Mutter, einen Aschenbecher für den Vater, und Elisabeth bekam einen kleinen Bilderrahmen mit der Bemerkung, sie würde doch endlich einen Freund finden und sein Bild aufstellen wollen, was sie mit einer angedeuteten Ohrfeige quittierte.

Mit Alexandra traf sie sich nicht. Um so überraschter war sie, als diese sie eines Tages anrief: „Hallo, Elisabeth – du musst unbedingt am 3. Jänner zu meiner Geburtstagsparty kommen! Rate, wer da sein wird – das errätst du nie!" „Dann brauch ich es ja nicht zu versuchen", lachte sie. „Also, sag schon!" Alexandra zierte sich noch eine Weile, nannte ihren Bruder, zwei Kolleginnen und zwei Kollegen, die alle keine Überraschung waren, und dann rückte sie heraus: „Denk dir, Professor Wilson hat zugesagt! Ich hab ihn angelockt mit dem Vorwand, ihn wegen einer seltenen Shakespeare-Ausgabe zu Rate zu ziehen." „Nein, wirklich!", wunderte sich Elisabeth. „Und wo hast du den Shakespeare her?" „Ach", lachte Alexandra, „der gehört meinem Paps – Fragen hat er zwar keine dazu, aber das braucht das Professorchen nicht zu wissen."

Die Party fand in der Villa von Alexandras Eltern statt. Die Familie war sehr wohlhabend, um nicht zu sagen, reich. Alexandra hatte alles großzügig vorbereitet, für Musik gesorgt und ein üppiges Büfett aufstellen lassen, und die Stimmung war sofort eine sehr gute. Der Professor freute sich wirklich über die Shakespeare-Ausgabe und er kam seiner Aufgabe, ein paar Worte dazu zu sagen, mit großem Ernst nach. Er schien sich auch sonst im Kreis der Studenten wohl zu fühlen – war er doch selber kaum älter als sie. Als dem Geburtstagskind Alexandra gratuliert wurde, trank er mit ihr Bruderschaft, dann aber auch mit den anderen. Er tanzte viel mit der Gastgeberin und er machte auch Elisabeth Komplimente für ihr gutes Aussehen, obwohl ihr Kleid viel bescheidener war als das von Alexandra. Wer genau hinsah, konnte bemerken, dass seine Blicke immer wieder zu ihr wanderten.

Als die Gesellschaft später aufbrach, bot er Elisabeth an, sie nach Hause zu bringen, da ja Alexandra und ihr Bruder keinen Heimweg zu machen brauchten. Aber sie hatte schon einen Begleiter – es war der Schüchternste der Gesellschaft und sie hatte sich den ganzen Abend sehr freundlich um ihn bemüht. Da er beim Aufbruch näher bei ihr gestanden war, als Harold, war er ihm trotz seiner Schwerfälligkeit zuvorgekommen. Das nützte Alexandra sofort aus und brachte noch ein Problem in bezug auf den Shakespeare vor, so dass der Professor noch eine Weile bleiben musste, als die anderen schon gegangen waren.

Kurz danach bekam Elisabeth von Alexandra eine Einladung zu einer Schlittenfahrt zu viert in Seefeld, an der natürlich auch der Professor teilnehmen sollte. Am nächsten Tag sagte Alexandra sie wieder ab, da sie so verkühlt sei. In Wirklichkeit hatte aber der Hauptgast wegen dringender Arbeiten die Einladung abgeschlagen, und es fiel Alexandra durchaus nicht ein, ohne ihn zu fahren oder einen anderen an seiner Stelle mitzunehmen.

Schließlich begannen die Vorlesungen wieder, und während Elisabeth weiterhin fleißig die Literatur-Vorlesungen besuchte, verlegte sich Alexandra mehr auf die Kunstgeschichte.

Elisabeth hatte ihre Kommode bereits eingeräumt. Diese hatte unten und in der Mitte durchgehende Schubladen, oben eine dreigeteilte. In diesen kleineren Laden fanden Halstücher, Handschuhe, Kappen und Taschentücher Platz, weiter unten Pullover, Tischtücher und andere größere Stücke.

Schließlich gab sie doch dem Drängen des Brüderchens nach und erlaubte ihm, nach einem Geheimfach zu suchen, nur durfte er keine Unordnung machen. Er maulte: „Warum hast du mich nicht vor dem Einräumen suchen lassen?", aber dann versprach er doch, achtsam zu sein.

Wirklich bemerkte er bald, dass die mittlere der kleinen Schubladen nicht so tief war wie die übrigen. Da die Rückseite der Kommode eben war, musste es hinter dieser einen Hohlraum geben. Er zog sie heraus, fand aber zunächst nichts Besonderes. Als er dann die beiden anderen Schubladen herausholte, bemerkte er, dass wirklich deren Rückwände weiter hinten lagen, und als er an der vorn liegenden herumfingerte, entdeckte er triumphierend, dass sie ein Türchen war, das sich öffnen ließ. Zu seinem wie zu Elisabeths Staunen lag dahinter ein Bündel mit Briefen.

Nun setzte sich Elisabeth durch, entriss ihm die Briefe und erklärte, sie wolle zuerst die Großtante fragen, ehe sie sie eigenmächtig las. Das aber brauchte Zeit, denn diese hatte ihr Telefon schon abgemeldet, war aber im Heim noch nicht zu erreichen.

Alexandra war Harold gegenüber abgekühlt – sie hatte ihm wohl die Absage der Schlittenpartie übel genommen, zumal sie und Elisabeth ihn kurz danach ganz müßig mit Kollegen bummeln gesehen hatten – und sie verlegte ihr Interesse auf einen Kollegen von der Kunstgeschichte. Insgeheim gestand sie sich auch ein, dass sie an Harolds Ablehnung selber Schuld war, denn sie hatte ihm am Abschluss jenes Abends zu deutliche Avancen gemacht. Das wusste Elisabeth nicht, aber auch sie hatte über diesen Vorfall nachgedacht und ihn so gedeutet, dass Harold keinen privaten Kontakt mehr zu Studentinnen haben wollte, denn dass sich diese Zurückhaltung ausdrücklich auf Alexandra beziehen könnte, kam ihr nicht in den Sinn. Sie besuchte zwar fleißig Vorlesungen und Seminare, ging aber danach immer sehr rasch weg. Dem Professor fiel die Zurückhaltung der Mädchen auf. In bezug auf Alexandra war es ihm klar, dass diese von seiner Seite ausgegangen war, aber er konnte sich nicht erklären, wieso auch Elisabeth ihn sichtlich mied, soweit das der Studienbetrieb erlaubte. War es aus Solidarität mit Alexandra?

Schließlich konnte die Großtante zu den Briefen befragt werden. Sie war nicht überrascht, denn sie erinnerte sich dunkel, dass ihre Mutter einmal von einem Geheimfach und von Briefen wiederum von *ihrer* Mutter gesprochen hatte, die darin verwahrt waren. Nach ihrem Tod hatte sie danach gesucht, aber nichts gefunden und geglaubt, die alte Dame habe fantasiert. Das war nun also die Ururgroßmutter der Jungen gewesen, und die Großtante war einverstanden, dass sie die Briefe lasen. Natürlich sollten sie ihr dann davon erzählen.

Elisabeth löste im Beisein der ganzen Familie das verblasste Schleifchen. Das vergilbte Papier war mit hellblauer Tinte beschrieben, und zwar in einer eigenwilligen Handschrift – und in einem schwer lesbaren Englisch! Alle waren erstaunt, und eine Rückfrage bei der Großtante ergab, dass sie einmal von einer Liebschaft ihrer Großmutter mit einem englischen Offizier gehört hatte, der dann in die Kolonien gegangen und nicht mehr zurückgekehrt war.

Das war nun wirklich ein Anlass, Professor Wilson beizuziehen, Elisabeth konnte jedoch ihre Hemmung nicht überwinden und beschloss, zumindest bis zu den Semesterferien damit zu warten.

Sie hatte nicht mit dem Vorwitz des Brüderchens gerechnet. Das „Geheimfach" und der „Kolonial-Offizier" gingen ihm nicht aus dem Sinn, und er setzte all seinen jugendlichen Spürsinn in Aktion, um Professor Wilson ausfindig zu machen. Das gelang ihm bald mit Hilfe des Bruders von einem Schulfreund. Er ging, wenn auch mit Herzklopfen, zu ihm, stellte sich als Elisabeths Bruder vor und fand gleich freundliche Aufmerksamkeit. Als er dann vom Geheimfach, dem Kolonialoffizier und den englischen Briefen sprach, fiel sogar dem psychologisch unbeleckten Bürschchen die Veränderung auf, die mit dem Mann vorging. Er schnappte nach Luft und setzte sich, und Heinz dachte natürlich, dass das Geheimfach auf ihn so einen Eindruck mache. Erst dann fragte Wilson: „Warum kommt Elisabeth nicht selber damit zu mir?" Heinz antwortete leichthin: „Ach die, ich glaube, sie fürchtet sich vor Ihnen." Da musste der Professor wieder lachen und meinte: „Nun, dann müssen wir beide uns eben zusammentun." Heinz wurde eifrig: „Kommen Sie doch einfach heute am Abend zu uns, dann können Sie auch das Geheimfach sehen." Er war davon überzeugt, dass das auch für den Professor eine Sensation sein würde. Dieser war einverstanden, bekam die Adresse, und Elisabeth wurde vor die vollendete Tatsache gestellt. Sie schalt zwar mit Heinz, aber der merkte, dass es ihr damit nicht ernst war, und sie bereitete sich auch gleich auf den Besuch vor.

Harold Wilson blieb nach dem Weggang seines jungen Besuchers noch eine Weile sitzen. Konnte es einen solchen Zufall geben? Das war wohl nicht möglich, aber doch hoffte er es inständig. In seiner Familie wurde nämlich ein Säbel und eine alte Fotografie seines Ururgroßvaters in Uniform aufbewahrt, und er wusste, dass dieser sich einmal mit englischen Freunden hier in Innsbruck auf der Weiherburg aufgehalten hatte, bevor er in die Kolonien gegangen war. Das hatte stark dazu beigetragen, dass er den hiesigen Lehrauftrag angenommen hatte. Es war ihm aber doch zu unsinnig und zu aussichtslos erschienen, ernstlich nach ihm zu forschen. Der Vorfahr hatte später in den Kolonien die Tochter eines älteren Vorgesetzten geheiratet, und erst die nächste Generation war nach England zurückgekehrt. Konnte es nun sein, dass die Briefe von ihm stammten?

Harold hatte gleich nach seiner Ankunft in Innsbruck, noch bei strahlendem Herbstwetter, im Andenken an ihn das „Engländergrab" im Bereich des heutigen Alpenzoo besucht, was dieser sicher auch getan hatte, und er hatte mit Rührung des jungen kranken Landsmanns gedacht, der bei Freunden auf der Weiherburg Genesung gesucht und nicht gefunden hatte. Er hatte die innigen Worte gelesen, die sie ihm auf Englisch auf den Grabstein geschrieben hatten und die nun auch auf Deutsch dort zu lesen sind.

Nun, vor seinem Besuch bei Elisabeths Familie, erinnerte er sich wieder daran, und er fragte sich, ob vielleicht auch ein Mädchen um den Verstorbenen geweint hatte?

Am Abend brannte Heinz darauf, dem Gast zu öffnen und ihn selber in Elisabeths Stübchen und zum Geheimfach zu geleiten, das er mit ihrer Erlaubnis schon vorher zugänglich gemacht hatte, und das dieser mit freundlichem Interesse studierte. Dann bat die Mutter alle an den Teetisch und erst danach wurden die Briefe vorgelegt. Harold hatte seine eigene Begier, sie zu sehen, bis zu diesem Augenblick verborgen. Nun aber war er sehr erschüttert, als er sogleich feststellte, dass sie wirklich von seinem Ururgroßvater stammten. Auch er konnte die alte Handschrift schwer lesen. Er war mehr mit der neueren englischen Literatur vertraut und die ältere Schreib- und Ausdrucksweise machte ihm Mühe. Er entzifferte da und dort ein paar Zeilen und bat dann, die Briefe mitnehmen zu dürfen, um in der Universität Hilfsmittel beizuziehen. Das wurde ihm natürlich gern gewährt und man verabredete einen neuerlichen Besuch in der nächsten Woche.

Die Mutter hatte ihre Tochter und den Gast beobachtet. Dieser hatte sich offenkundig sehr warm um das Mädchen bemüht. Obwohl Elisabeth eher abweisend gewesen war, entging der Mutter doch nicht, dass ihr der Mann keineswegs gleichgültig war.

Am nächsten Tag traf Elisabeth mit Alexandra in der Philosophievorlesung zusammen und sie erzählte der Freundin sogleich vom Besuch des Professors und dem eigenartigen Zufall mit seinem Vorfahren. Da durchfuhr Alexandra bei aller Freundschaft ein Stich des Neides und der Eifersucht und sie sagte obenhin: „Pass nur auf, Harold verachtet Studentinnen, die zu entgegenkommend sind. Ich treffe mich mit ihm viel lieber außerhalb der Uni, wo uns die anderen nicht sehen. Darum gehe ich auch nicht mehr in seine Vorlesung." Das gab Elisabeth einen Stich ins Herz – sie konnte ja nicht wissen, dass Alexandras Ausspruch wahrheitsgemäß heißen hätte müssen: „Ich würde mich gern treffen...", und sie wurde noch zurückhaltender ihm gegenüber, ja, fast schon unhöflich, was er sich nicht erklären konnte und was er einfach nicht akzeptieren wollte.

Am Tag des verabredeten Besuches war in der Vorlesung gerade Cronin an der Reihe, und der Professor rezitierte eine Liebesszene aus seinem Roman „Die

Dame mit den Nelken", eine Szene von tiefster Empfindung zwischen Liebe und Abschied. Der Roman endete glücklich – würden Harolds Gefühle ebenso ans Ziel kommen? Als er zwischendurch überraschend nach Elisabeth schaute, sah er, dass sie mit leuchtenden Augen an seinen Lippen hing und die Worte geradezu aufsog. Dann bemerkte sie seinen Blick und sie wurde sogleich wieder traurig und abweisend. Er aber hatte genug gesehen und er beschloss, am Abend aufs Ganze zu gehen.

Zunächst erzählte er im Kreis der Familie, was er aus den Briefen erfahren hatte: Sein Ururgroßvater hatte Elisabeths Ururgroßmutter verehrt und um sie geworben, aber ihren Eltern war er als Schwiegersohn unwillkommen gewesen, und das Mädchen hatte sich, wie es damals fast nicht anders möglich war, gefügt. Wilson konnte sich gut vorstellen, dass es ihn dann in Innsbruck und auch in seiner Heimat nicht mehr gehalten hatte, und dass er dann seinem Leben in den Kolonien eine neue Wendung gegeben hatte. Das Mädchen hatte, wie man aus dem Vergleich der Daten aus den Briefen und aus ihrer Eheurkunde sehen konnte, lange um ihn getrauert, und weiterhin seine Briefe sorgfältig aufgehoben.

Dann las Harold mit tiefem Gefühl eine berührende Stelle aus einem der Briefe. Wieder sah er aus den Augenwinkeln, wie Elisabeth ergriffen lauschte, und dann sagte er mit großer Festigkeit: „Unsere Ahnen sind nicht zusammengekommen. Wollen wir Nachfahren, Harold und Elisabeth, versuchen, es besser zu machen?" Sofort schrie Heinz „Hurra!", und nach einer Schrecksekunde fiel ihm Elisabeth um den Hals und flüsterte: „Oh, wie gern!"

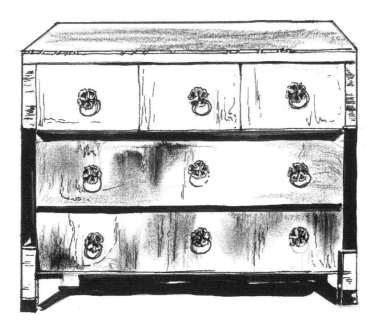

Der Schneemann

Er stand in einem Vorgarten, der Schneemann. Er hatte eine lustige Nase aus einer Karotte, Augen und Mund aus kleinen Kohlenstückchen und auch Knöpfe entlang seines Leibes. An der Seite war ein dicker Stock und die Arme schien er in den Rücken zu stemmen.

Jetzt kamen zwei Kinder aus dem Haus, ein etwa zehn Jahre altes Mädchen und ein fünfjähriger Bub. Sie sprangen lachend umher, der Bub klatschte in die Hände und rief: „Nina, schau, er ist wirklich toll!" Aber das Mädchen antwortete: „Nein, David, er ist noch nicht fertig. Er braucht einen Hut und einen Schal, ich weiß nur noch nicht, woher nehmen! Meinen darf ich ihm nicht umbinden, da schimpft die Mama! Aber mir wird schon etwas einfallen." Nun trat auch die Mutter aus dem Haus und sagte: „So, nun kommt, wir gehen zur Tante!", und die drei gingen miteinander fort.

Bald danach kam ein älterer Mann mit müden Schritten die Straße entlang. Er blieb am Zaun stehen und schaute das drollige Kunstwerk an. Vor vierzehn Tagen war es noch nicht da gewesen, als er das letzte

Mal vor seiner Erkrankung vorbeigekommen war. Er dachte an die Zeit zurück, als er mit seinem kleinen Sohn einen solchen Schneemann gebaut hatte. Jetzt war er allein, Frau und Kind waren einem Unfall zum Opfer gefallen und er war nie darüber hinweggekommen, obwohl es schon viele Jahre her war. Langsam ging er weiter.

Auch am nächsten Tag kam der Mann wieder. Diesmal waren die beiden Kinder im Garten, und dem Mann gab es einen Stich. Der kleine David sah genau so aus, wie sein eigener Bub, und ihm kamen die Tränen. Fast wider Willen blieb er abermals stehen und schaute den Kindern zu. Da kam David an den Zaun und fragte: „Bist du ein Opa?" Schroff erwiderte er: „Nein", und der Bub schaute erschrocken. Sofort tat ihm seine Heftigkeit leid, er wollte sie ausgleichen und fragte freundlich: „Hast du einen Opa?" Inzwischen war auch Nina herangekommen und sie antwortete für das Brüderchen: „Wir haben einen, der wohnt ganz oben in Norddeutschland, den sehen wir fast nie – und der andere ist im Himmel, den können wir nur auf dem Friedhof besuchen. Mama sagt, wenn wir eine Kerze anzünden und beten, freut er sich." Sehnsüchtig fügte sie hinzu: „Meine Freundin hat einen Opa, der erzählt ihr Märchen und bastelt mit ihr. Kannst du basteln?" Der Mann – er hieß Ing.

Gustav Prechtl – überlegte. Es war lang her, als Kind hatte er tatsächlich viel gebastelt. Er sagte nur kurz: „Vielleicht." Nina wurde eifrig. „Ich werde Mama fragen, ob du zu uns kommen kannst. Papa sagt, er hat zwei linke Hände und kann nicht basteln, er arbeitet nur mit Zahlen, Statistik heißt das, glaube ich." Gustav lächelte einen Augenblick und dachte daran, dass sein Job in der Berechnungsabteilung eines technischen Büros auch nicht viel anregender gewesen war. Vor Kurzem hatte er ihn mit der Pension vertauscht. Dann überkam ihn plötzlich wieder seine Menschenscheu und er sagte abrupt: „Ich muss jetzt weiter." Er wendete sich ab und ging davon.

Frau Reichert hatte vom Fenster aus zugesehen. Sie mochte es nicht, wenn die Kinder mit den Passanten sprachen, man wusste ja nie, was die im Schilde führten. Der Mann war ihr freilich nicht verdächtig vorgekommen. Er sah vergrämt aus, seine Kleider waren ungebügelt und abgewetzt, aber sichtlich von guter Qualität. Die Schuhe waren fast neu und sahen teuer aus. Arm war er sicher nicht, nur hatte er vermutlich niemanden, der sich um ihn kümmerte.

Die Kinder hatten ihm enttäuscht nachgeschaut und gerufen: „Kommst du morgen wieder?", aber keine Antwort bekommen.

Am nächsten Tag überlegte Ing. Prechtl, ob er auf dem täglichen Gang zu seinem Stammcafé, wo er die Zeitung zu lesen pflegte, einen anderen Weg wählen sollte. Dann zog es ihn doch wieder – zum Schneemann, wie er dachte. Da hatte doch etwas gefehlt, überlegte er. Was war es gewesen?

Die Kinder waren nicht da, und nun musste er sich eingestehen, dass sie es waren, die er hatte sehen wollen, obwohl ihr Anblick ihn zugleich schmerzte.

Dann trafen sie doch wieder zusammen. Die Kinder stürzten sogleich zum Zaun, als sie ihn kommen sahen. „Die Mama hat erlaubt, dass du hereinkommst und mir hilfst, den Schneemann fertig zu machen", rief Nina aufgeregt. „Ich habe etwas für ihn gefunden, aber ich krieg es nicht an seinen Platz!" Nun konnte er nicht widerstehen, einzutreten. Da er ziemlich groß war, fiel es ihm leicht, dem Schneemann einen ausgefransten Schal, den ihm Nina hinhielt, umzubinden und einen verbeulten Hut, den sie nun aufgetrieben hatte, an seinen Platz zu bringen. Nina plapperte unentwegt und David fügte seine kleinen Ausrufe und Bemerkungen ein. Den Kindern fiel es nicht auf, wie wortkarg ihr Besucher war.

An den nächsten Tagen regnete es, die Kinder waren

nicht im Garten, und nachher war der arme Schneemann kaum wiederzuerkennen. Betrübt bastelte Nina an ihm herum. Als ihr großer Freund vorüberkam, holte sie ihn sogleich herein und er versuchte, ihr zu helfen. Nach einer Weile sagte sie traurig: „Das wird nichts mehr. Komm, wir gehen hinein, es ist ja schon Zeit." Und sie rief: „Mama, dürfen wir den Opa mitbringen?" Frau Reichelt blieb nun wohl nichts anderes übrig, als „ja" zu sagen. Schließlich war sie ja zu Hause und konnte den Gast näher in Augenschein nehmen.

Dieser war zunächst erschrocken über die unerwartete Einladung und er stotterte: „Das geht doch nicht", aber die Kinder fassten ihn an den Händen und er leistete nur mehr schwachen Widerstand. Die Mutter legte noch ein Gedeck auf und fragte: „Möchten Sie Tee oder Kaffee?", und mechanisch erwiderte er: „Kaffee, bitte."

So steif er zunächst gewesen war, entspannte ihn nun die gemütliche Atmosphäre und die freundliche Aufnahme, und er sagte: „Das habe ich nicht mehr erlebt, seit ...", dann verstummte er wieder. Frau Reichert hatte das Gefühl, dass es ihm gut tun würde, zu reden, aber er brauchte wohl noch Zeit. So nahmen sie zunächst miteinander die Jause ein und sie plauderte, seiner Schweigsamkeit nicht achtend, leichthin über das Wohnen in dieser Gegend, den Garten und das Wetter.

Dann schickte sie die Kinder ins Kinderzimmer. „Baut nun für den Opa eine Überraschung mit eurem Lego", schlug sie vor. Nina und David waren sogleich einverstanden und stürmten hinaus.

„Sie haben etwas Schweres erlebt?", fragte Frau Reichert einfühlend. Und nun brach es aus ihm heraus: „Ich bin schuld, dass meine Frau und mein Kind tot sind. Ich bin ein Mörder und ich verdiene nicht, dass man zu mir gut ist." Die Mutter erschrak, aber dann sagte sie sich, ganz so könne es wohl nicht gewesen sein. „Schuld hat viele Gesichter", murmelte sie. Nun drängte es ihn, seine Last abzuladen, und er erzählte, wie er trotz schlechter Straßenverhältnisse zu rasch gefahren, von der Straße abgekommen und in einen Graben gestürzt war. Frau und Kind waren tot, er selber war monatelang im Krankenhaus gelegen. Beide schwiegen lang. Dann sagte Frau Reichert: „Sie sind zu schnell gefahren – Sie haben doch nicht geahnt, was daraus folgen würde, oder?" Er schaute sie erschrocken an. „Um Himmels willen, nein! – Aber ich hätte nicht so schnell fahren dürfen, es war meine Schuld", beharrte er. „Schuld, Leichtsinn, Schicksal, wer kann das sagen?", flüsterte sie. Wieder schwiegen beide. Dann sprach die Frau leise: „Was es auch war, das haben Sie schwer, zu schwer gebüßt. Ist es nicht wieder Zeit für Sie, zu leben?" Er schaute sie überrascht an, sie blickte ihm warm in die Augen – und nun erschien es ihm, als falle eine Last von ihm ab und er seufzte tief auf. Abermals stand Schweigen im Raum.

Dann lächelte Frau Reichert: „Ich glaube, nun warten zwei Enkel auf Sie!" Gemeinsam gingen sie ins Kinderzimmer.

„Schau, Opa, wir haben aus Lego einen großen Schneemann gebaut!", riefen ihm die Kinder entgegen, fassten ihn an den Händen und schmiegten sich an ihn. Er spürte die liebevolle Berührung beglückend bis ins Herz hinein.

Nun hatte er endlich Enkel und die Kinder hatten einen Opa. Die Märchen las er lieber vor, aber basteln konnte er wirklich.

Wintertage in Innsbruck

Max Freimann legte sein interessantes Buch weg und schaute zum Fenster. Das Wetter war trüb. Es nützte nichts, er musste weggehen, denn seine Herztabletten waren aufgebraucht. Unlustig zog er den Mantel an und nahm den Schirm. Leider hatte er in den letzten Tagen, als das Wetter noch besser war, diesen Weg verschoben. Um ein bisschen Bewegung nachzuholen, suchte er nicht die nächstgelegene Apotheke auf, sondern er ging in die Altstadt.

Unter den Lauben war es wenigstens trocken. Sollte er da ein paar Schritte auf und ab gehen, statt des Spazierganges, den ihm der Arzt dringend empfohlen und den er immer aufgeschoben hatte?

Er schaute um sich. Hier wogte ein Menschenstrom hin und her, er beobachtete ihn eine Weile: Fremde, die langsam bummelten und die eiligen Einheimischen behinderten, eine Familie mit kleinen Kindern, ein Pärchen, offensichtlich Verliebte, aber bald langweilte es ihn. Er kannte ja niemanden und daher war das für ihn ebenso uninteressant wie andere Wege, die er deshalb unterließ. Er seufzte und schaute sich die wohlbekannte Umgebung noch einmal an.

Das Helblinghaus mit seinen Stukkaturen gefiel ihm auch heute.

Um das Goldene Dachl zu sehen, hätte er aus den Lauben hervorkommen müssen, tat es aber nicht. Einmal müsste man sich die Reliefs alle genauer ansehen, dachte er. Dann trat er in die Apotheke ein. Es waren ziemlich viele Leute da, er musste warten. Eine Frau mit einem kleinen Mädchen auf dem einen Arm und einer schweren Tasche am anderen zog seine Blicke auf sich. Die Kleine quengelte und reckte sich nach einem Glas mit Zuckerln, das auf der Pudel stand, so dass sie fast das Gleichgewicht verloren hätte. Max sprang hinzu und fing das Kind, die Mutter stellte die Tasche ab und hielt es wieder fest. „Ein so schweres Gewicht auf jeder Seite", lächelte er, und so ergab sich ein Gespräch. Sie besorgte Medikamente für ihre Nachbarin, die momentan einen wehen Fuß hatte. <u>Seine</u> Nachbarin war nicht sehr hilfsbereit, sagte er, so musste er diese Wege selber machen – aber es schadete ihm ja nicht, manchmal außer Haus zu kommen, gestand er. „Aber so oft werden Sie auf diese Art ja nicht unterwegs sein?", meinte sie. Das musste er zugeben. Seine Mahlzeiten konnte er im Gasthaus nebenan einnehmen. Er war gern daheim, hatte viel zu lesen, nur eben der Arzt ... Da wurden gerade zwei der Angestellten frei und sie wurden beide gleichzeitig bedient, konnten auch gleichzeitig die Apotheke verlassen. Mit einem Blick auf ihre doppelte Last bot er ihr an, ihre Tasche zu tragen. Sie war einerseits sehr froh darüber, hatte aber andererseits Bedenken, ob er wirklich einen solchen Umweg machen wollte. Sie wohnte gleich am anderen Innufer, in Mariahilf, das mit seiner hübschen Häuserfront herübergrüßte.

Er lachte und sagte: „Sie wissen ja, mein Arzt ..." Dann nahm sie das Gespräch von vorhin wieder auf. „Haben Sie denn niemanden, der mit Ihnen spazieren geht?" „Das ist es ja", antwortete er. „Mein Sohn lebt in Wien, und die Nachbarin, wie ich schon sagte..." Darauf versprach sie, darüber nachzudenken. Das nahm er dankbar an. Sie waren bald am Ziel und er gab ihr seine Telefonnummer.

Als sie sich getrennt hatten, war er über sich selber erstaunt. Sie hatte da in der kurzen Zeit schon mehr Einfluss auf ihn gewonnen, als sein Arzt! Es kamen ihm Bedenken. Wer weiß, wen sie da auftreiben mochte! Aber schließlich konnte er ja einen Versuch machen und er musste eine unangenehme Bekanntschaft nicht weiterführen.

Er ging wieder über die Brücke, durch die Altstadt

und die Maria-Theresien-Straße, an der Annasäule vorüber, die mit ihren Schneemäntelchen recht putzig aussah, zu seiner Wohnung in der Anichstraße.

Wirklich klingelte schon bald das Telefon und seine neue Bekannte meldete sich. Ihre Nachbarin, Frau Anna Heinzle, war damit einverstanden, einen Partner zum Spazierengehen zu bekommen, und es würde nicht mehr lange dauern, bis ihr Fuß geheilt war. Anna ging gern spazieren, hatte auch genug Bekannte, aber es würde ihr Freude machen, einen Einsamen aufzumuntern. Und dass er nicht ungut war, hatte sie ja von der Nachbarin erfahren.

Max bekam ihre Telefonnummer und rief sofort an. Frau Heinzle wirkte am Telefon lebhaft und sympathisch, und so ergab es sich, dass die beiden in den nächsten Tagen einige Male miteinander sprachen, bis ihr Fuß ihr einen ersten Spaziergang erlaubte.

Einige Tage später stand Max vor Annas Haustür in Mariahilf. Sie war schon ausgehbereit und kam auf sein Klingeln sogleich heraus. Die beiden musterten einander kurz. Er war groß und stattlich, vielleicht etwas füllig, mit grauem Haar.

Sie nicht viel kleiner, schlank, und unter ihrem Hütchen kamen dunkel gefärbte Haare zum Vorschein. Sie begrüßten einander und sie merkten sogleich eine gemeinsame Wellenlänge. Max meinte, er sei ihrer Nachbarin dankbar für die Vermittlung und sie stimmte zu.

Der erste Spaziergang sollte nur in den Hofgarten führen, der auch im Winter mit seinen geräumten Wegen ein angenehmes Ausschreiten in der frischen Luft ermöglichte.

Nach einer kleinen Runde lud Max sie ins dortige Kaffeehaus ein. Die beiden Menschen fanden nun auch im persönlichen Umgang aneinander Gefallen. Sie waren ungefähr gleich alt. Sie war Witwe, hatte keine Kinder, und er hörte gern zu, wenn sie von ihren Reisen erzählte.

Auf dem Heimweg kamen sie am Goldenen Dachl vorbei. Da Anna auch daran interessiert war, erfüllte sich Max mit ihr zusammen seinen Wunsch, einmal die Reliefs in Ruhe anzuschauen.

Der nächste Ausflug führte sie auf die Seegrube. Zur Hungerburg fuhren sie mit der neuen Bahn – Max hatte sie noch nicht gekannt. Von dort brachte die Seilbahn sie hinauf in die Höhe.

Ein paar Schritte vom Restaurant entfernt konnten sie zum schneebedeckten Hafelekar hinauf schauen.

Dann setzten sie sich in der kräftigen Wintersonne vor das Restaurant und Max besorgte für sie beide eine kräftige Jause. Anna wurde auf einmal still. Max bemerkte es und fragte nach dem Grund. Sie sagte: „Beim Blick auf die Stadt ist mir plötzlich die Zeit eingefallen, als die Bomben so viel vernichtet haben. Ich war noch ein Kind, aber ich kann mich gut erinnern, wie wir in den Luftschutzstollen gingen, und als wir wieder heraus kamen, war unsere Wohnung zerstört. Meine Eltern fanden dann einen Unterschlupf am Land und ich kam durch die ‚Kinderlandverschickung' mit meiner Schule nach Seefeld." „Ja", sagte er. „Unsere Wohnung ist zwar verschont geblieben, aber ich kam auch mit der Schule fort, und zwar nach Zell am Ziller." „Ach", sagte sie. „Dort war ja die Lehrerbildungsanstalt. Sind Sie Lehrer geworden?" Er lachte. „Da wissen Sie ja gut Bescheid. Tatsächlich war ich Lehrer und dann Direktor in einer kleinen Landschule, erst nach der Pensionierung bin ich nach Innsbruck gekommen. – Deshalb habe ich ja da keine Bekannten", fügte er etwas bitter hinzu.

Anna machte ihn nun auf die Dohlen aufmerksam, die da lebhaft umherflogen und sich dann auf verlassenen Tischen niederließen, um sich an den Überresten gütlich zu tun.

Bevor sie sich auf den Heimweg machten, kam in Max der gründliche Lehrer durch, und er erklärte: „Den Norden der Stadt haben wir ja genossen, nun käme für das nächste Mal doch der Süden dran. Wir könnten nach Wilten fahren und auf den Bergisel spazieren." Anna freute sich darauf. „Steigen wir doch schon bei der Basilika aus und gehen ein bisschen hinein, ich war schon so lange nicht mehr in diesem schönen Raum!"

So geschah es. Zuerst traten sie in die Basilika ein und bewunderten das prachtvolle Rokoko-Ambiente. Max erinnerte sich, dass er als Kind öfter hier ministriert hatte, und Anna gestand, dass sie das auch so gern getan hätte, doch damals wurden Mädchen zu diesem Dienst noch nicht zugelassen. Aber sie hatte in dieser Kirche geheiratet.

Nach einem kurzen Gebet machten sie sich auf den Weg zum Bergisel.

Anna erzählte nun: „Ich war sehr jung, als wir geheiratet haben, gerade erst 20 Jahre, und der Krieg war noch nicht lange vorbei. Unser Hochzeitsmahl war sehr bescheiden. Mein Mann war sechs Jahre älter als ich und er hatte zu Kriegsbeginn gleich einrücken müssen und viel mitgemacht. Seine Gesundheit war geschwächt. Wir waren nicht lange beisammen, als er an einer Lungenentzündung starb. Er ist auf dem Mariahilfer Friedhof begraben. Ich habe nicht wieder geheiratet."

Max erzählte nun auch von seinem Leben: „Ich habe meine Frau an meinem ersten Posten auf dem Land kennen gelernt, sie war die Tochter des Direktors. Wir mussten ziemlich lange warten, bis ihre Eltern in unsere Heirat eingewilligt haben – weiß der Himmel, was sie sich für einen Schwiegersohn gewünscht hätten! Sie wollte auf die Einwilligung warten, obwohl sie schon volljährig war. Sie ist knapp vor meiner Pensionierung gestorben. Unser Sohn war damals schon in Wien. So bin ich dann wieder nach Innsbruck gezogen, wo die Eigentumswohnung meiner Eltern, die ich nach ihrem Tod vermietet hatte, gerade wieder frei geworden war. Zuerst war ich ja noch in Trauer, aber auch dann bin ich ein Einsiedler geblieben."

Inzwischen waren die beiden Wanderer auf dem Bergisel angekommen. Sie gingen zuerst zur Aussichtswarte.

Auch von dort gab es einen schönen Blick auf die Stadt, näher als von der Seegrube, und mit der prachtvollen Nordkette im Hintergrund.

Dann spazierten sie weiter über das Gelände und Anna setzte das Gespräch fort: „Und in Wien haben Sie Enkelkinder?" Seine Miene erhellte sich. „Sogar Urenkel! Zum Unterschied von mir hat mein Sohn früh geheiratet – eine Wienerin. Sie hatte sich unbedingt einen Tiroler zum Mann gewünscht, aber von Wien wegziehen wollte sie nicht. Natürlich bin ich oft mit meiner Frau – und dann allein, aber etwas seltener, nach Wien gefahren. Er hat drei Kinder. Sein Ältester hat einen Buben mit zehn und ein Mädchen mit acht Jahren. Die Tochter hat in die USA geheiratet und hat vier kleine Kinder, und der jüngere Sohn ist noch ledig."

„Amerika!", sagte Anna, und sie bekam einen träumerischen Ausdruck ins Gesicht. Er bemerkte es. „Waren Sie schon mal drüben?", fragte er. „Ach nein", seufzte sie, „allein mag ich nicht und meine Bekannten wollen überall hin, nur nicht nach Amerika. Aber Sie waren sicher schon dort?" Nun musste er gestehen, dass das nicht der Fall war. „Aber wo Sie doch Ihre Enkelin dort haben?", bohrte sie nach. Er räusperte sich. „Ach, wissen Sie, eine solch weite

Reise allein – und die Enkelin kann mit ihren kleinen Kindern nicht weg …" Plötzlich kam ihr eine Idee: „Sie mögen nicht allein und ich mag nicht allein – wie wäre es, wenn wir gemeinsam fahren?" Er schaute sie erstaunt an und als er merkte, dass sie es ernst meinte, dachte er nach, und der Gedanke kam ihm immer verlockender vor. „Darüber könnten wir wirklich reden! Meine Enkelin würde sicher auch Sie freundlich aufnehmen."

Sie kamen gerade am Andreas-Hofer-Denkmal vorbei. Nun bemerkte Anna spitzbübisch: „Auf diesem Platz ist ja reichlich gekämpft worden – <u>wir</u> wollen es anders machen und auf ewig Frieden halten!" Max versprach es lächelnd und fügte hinzu: „Wollen wir uns nicht duzen? Den Bruderkuss können wir ja verschieben, bis niemand zuschaut." Sie drückten einander herzlich die Hände, dann sagte Max: „Unsere Amerikareise soll bald zustande kommen", und Anna ergänzte: „Und von dort schreiben wir meiner Nachbarin einen Dankbrief fürs Vermitteln."

So ist zwischen den beiden reifen Menschen keine Liebesgeschichte entstanden, aber eine dauerhafte gute Freundschaft.

Ihr Traum

(Erzählung aus dem Zweiten Weltkrieg – nach einer wahren Begebenheit.)

Die Mutter deckte den Frühstückstisch. Sie hörte Annemarie, ihre ältere Tochter, im Nebenzimmer rumoren und leise vor sich hin singen. Sie schüttelte lächelnd den Kopf: „Die Jugend!"

Die Mädchen hatten ein bisschen länger geschlafen und sie gönnte ihnen das zusätzliche halbe Stündchen, waren sie doch alle in der Nacht zwei Stunden im Luftschutzkeller gesessen. Diesmal waren keine Bomben gefallen, obwohl ganze Geschwader alliierter Flugzeuge die Stadt überflogen hatten. Nun, es war ohnehin schon genug verwüstet! Die Mutter fröstelte. Sie hatte nach dem Alarm nicht mehr einschlafen können. Ihre Gedanken waren zu den fernen Lieben gewandert. Ihr Mann war als Militärarzt in einem Lazarett in Wien tätig, der Sohn aber irgendwo an der Ostfront. Wollte denn dieser Krieg immer noch nicht enden? Es schien doch alles schon dem Zusammenbruch zuzusteuern!

Sie brühte den Kornkaffee auf und wärmte ein bisschen Milch, die hatten sie gestern von ihrem Ausflug mitgebracht. Sie schnitt drei Scheiben Brot ab und legte den Rest des Weckens beiseite. Wenn sie heute am Abend Kartoffeln aßen – es gab noch für jeden eine Schale Milch dazu – und zum nächsten Frühstück Polenta, konnten sie das Brot morgen zu den Fischkonserven genießen, die sie auf die Lebensmittelkarte bezogen hatten. Und da waren noch die herrlichen Hauswürste von gestern!

Wie schön war der Ausflug gewesen, schön, aber auch traurig. Zuerst die Fahrt aufs Land hinaus. Einmal die Stadt hinter sich lassen, mit ihren Zerstörungen, und sehen, wie der Frühling unbekümmert die Erde erneuerte! Die Märzensonne fraß den letzten Schnee, weiches Grün spross aus dem Boden und an den Bäumen schwollen die Knospen. Darüber breitete sich der klare Himmel mit den weißen Wölkchen. Es war zum Weinen schön. Sie hatten eine befreundete Bäuerin besucht, Martha, die mit ihrem halbwüchsigen Sohn und einem alten Knecht tapfer den Hof bewirtschaftete. Der Mann war eingerückt, der ältere Sohn vor drei Monaten gefallen, die Schwiegertochter erwartete in wenigen Wochen ein Kleines.

Die Tabakration der Städterin und das Windelpaket, das noch von ihren eigenen Kindern stammte, waren dankbar angenommen und mit einer Kanne Milch und den Würsten vergolten worden. Das war eine willkommene Zubuße zu den kargen Rationen. Auch die Kartoffeln im Keller stammten von Martha.

Die Mädchen kamen nun herein, Hildegard schaute sehr schläfrig drein, Annemarie aber noch immer fröhlich.

Die Mutter lächelte sie an. „Habt ihr wenigstens gut geschlafen, die paar Stunden?" „Ja, Mama", antwortete Hildegard, „es hätte ruhig noch länger dauern dürfen." Annemaries Augen glänzten. „Ach, Mama", sagte sie, „denk dir, ich hatte so einen wundervollen Traum: Ich war gerade dabei, den Adventkranz aufzuhängen, als Helmut heimkam. Ich spüre jetzt noch die Freude, die wir da alle hatten." Die Mutter seufzte. Würde dieser Wunschtraum in Erfüllung gehen? Sie hatten lange keine Nachricht von Helmut bekommen. War das ein schlechtes Zeichen? Sie sagte aber nichts dazu.

Das Frühstück war bald beendet und die ältere Tochter eilte zum Bahnhof, von wo sie zu ihrem Einsatz in einer „kriegswichtigen" Fabrik fuhr. Die jüngere half der Mutter beim Aufräumen, sie hatte heute noch ein wenig Zeit, bis sie in die Schule musste. Sie nahm die Bilder vom Vater und vom Bruder, die auf Mutters Nachtkästchen standen, in die Hand. Würden sie bald heimkommen? Würden sie überhaupt heimkommen?

Fast ein Dreivierteljahr war vergangen.
Der Krieg war zu Ende. Der herrliche Dom war stark beschädigt, Bombenruinen standen an allen Straßen, Schutt lag in großen Haufen umher, aber da und dort begann der Wiederaufbau. Amerikanische Militärstreifen fuhren durch die Straßen und GIs prägten das Stadtbild. Immerhin, was man so hörte, ging es ihnen hier in der amerikanischen Besatzungszone besser als im übrigen Österreich.

Der Vater war heimgekommen, mager und erschöpft von der Reise, die er zu einem großen Teil zu Fuß zurückgelegt hatte, doch gesund. Er arbeitete längst wieder im Krankenhaus. Aber Helmut – Helmut war, wie eine knappe amtliche Verständigung sagte, kurz vor Kriegsende an der Ostfront gefallen. Wie und wo hatten sie nicht erfahren können.

Der Vater war gerade weggegangen, um Hildegard von der Schule abzuholen und mit ihr zusammen

Theaterkarten für das Mysterienspiel zu besorgen. Ja, es gab wieder Theater, und sie mussten um die vier benötigten Billetts zu zweit anstehen. Die Mutter hatte zuerst nicht mitgehen wollen, aber der Familie zuliebe und um des erhebenden Stoffes willen sich doch umstimmen lassen: Die Töchter waren jung und das Leben musste weitergehen.

Die Mutter werkte draußen in der Küche, Annemarie hatte gerade den Adventkranz gebunden. Die schönen frischen Zweige waren von Martha geschickt worden, auch die hausgesponnene Wolle der dicken rauen Jacke, die Annemarie als vorgezogenes Weihnachtsgeschenk trug, stammte von ihr. So machte es nicht so viel, dass das Heizmaterial knapp war, und dem Kranz würde es nur gut tun. Sie kehrte die Reste zusammen und steckte dann die Kerzen auf. Sie waren zwar nicht mehr neu, aber man würde sie noch ein paar Mal kurz anzünden können, bis das erste Weihnachtsfest im Frieden herankam. Freilich ein trauriges Fest ohne Helmut, aber doch wieder mit dem Vater. Sie knüpfte die frisch gebügelten langen Seidenbänder um den Kranz. Dann stieg sie auf einen Stuhl und befestigte ihn an der Decke.

Da durchfuhr sie wie ein elektrischer Schlag eine Erinnerung: Ihr Traum von der Heimkehr des Bruders!

Genau so war sie auf dem Stuhl gestanden ... Die Tränen schossen ihr in die Augen. Sie stieg herab, setzte sich an den Tisch, legte den Kopf auf die Arme und weinte. Sie weinte so sehr, dass sie die Türklingel nicht hörte und nicht den leisen Schrei im Vorraum. Sie blickte hoch, als die Zimmertür aufgerissen wurde. In ihrem Rahmen stand – gesund und mit strahlenden Augen im schmalen Gesicht – Helmut.

Das Kind der Nachbarin

(Eine Innsbrucker Weihnachtsgeschichte)

Schnee stäubte in feinen Eiskristallen vom Himmel und glitzerte um die Lichter der großen Weihnachtstanne vor dem Goldenen Dachl. Trotz der Kälte drängten sich viele Menschen um die Buden des Christkindlmarktes, betrachteten oder wählten Goldflitter und Holzspielzeug, Seidenschals und Wollpullover, stärkten sich mit Bauernküchlein und wärmten sich mit Glühwein.

Frau Maria trat in plötzlichem Entschluss zum Stand mit den Plüschtieren und kaufte die zierliche Katze, die, über die Hand des Verkäufers gezogen, so unwiderstehlich gewinkt und genickt hatte. Mit etwas schlechtem Gewissen legte sie den Betrag hin, der für die Befriedigung einer spontanen Laune eigentlich zu hoch war, nahm aber doch mit leichtem Glücksgefühl das weiche Bündel entgegen. Wo war die Zeit, da sie solche Dinge mit Begeisterung für ihr kleines Mädchen gekauft hatte? Ob die Enkelchen daran schon Freude hätten? Aber das Weihnachtspaket an sie war längst auf dem Ozean, und erst im

Sommer würden sie mit ihren Eltern auf Besuch kommen.

Maria seufzte ein bisschen und strebte der Maria-Theresien-Straße zu. Die Füße taten ihr weh und die Hände begannen gefühllos zu werden, kaum konnte sie ihre vielen Pakete halten. Aus dem Glanz der Lichtergirlanden und leuchtenden Weihnachtssterne trat sie in die dämmerige Spitalskirche und setzte sich in eine der hinteren Bänke. Sie legte ihre Päcklein und Säcklein neben sich und begann ihre Liste im Geist durchzugehen. Hatte sie nichts vergessen? Nun, sie war in diesem Jahr recht weit mit den Vorbereitungen. Heute würde sie das Paket für den Sohn fertig packen und morgen zur Post geben. Es war das dritte Jahr, dass er zu Weihnachten nicht nach Hause kam, sondern im Krankenhaus Nachtdienst machte. Seine Kollegen, die alle Familienväter waren, wussten seine Bereitschaft zu schätzen. Auch gab es da eine junge Kollegin ... Maria lächelte wehmütig. Das war der Lauf des Lebens! Nach den Feiertagen würde sie die junge Dame kennen lernen. Wie froh waren sie gewesen, als er, wenn auch auswärts, die gute Stelle bekommen hatte. Nun schwand allmählich die Hoffnung, er würde doch noch in die Heimatstadt zurückkehren.

Nun, sie würde mit ihrem Mann ein stilles Fest feiern, wie die beiden letzten Jahre auch.

Da waren also die Pullover für ihn und für den Sohn, einer in gedecktem Rot, der andere mit einem lebhaften geometrischen Muster. Da waren die warmen Schuhe für sie selber; sie konnte sie ja, frisch geputzt, unter den Christbaum legen, auch wenn sie sie schon vorher trug. Die alten passten wirklich nicht zu ihrem Wintermantel, wie ihre Freundin kritisch bemerkt hatte. Hier die neue Handtasche, das Weihnachtsgeschenk ihres Mannes, aber besorgen hatte sie sie selber müssen! Sie hatte ihn auch nicht gedrängt, wenigstens mitzukommen, denn sie wusste, wie sehr er – im Gegensatz zu ihr – das vorweihnachtliche Gedränge hasste. Da war der große Bildband für ihn und das kleine Päckchen mit den hübschen Lesezeichen vom Christkindlmarkt, die gebrannten Mandeln für die beiden männlichen Naschkatzen und die Digitalkamera, die der Sohn sich gewünscht hatte. Sie hatte überlegt, ob sie ihm die Geschenke erst bei seinem Besuch überreichen sollte, aber die Kamera hatte den Ausschlag gegeben: Er würde die ersten Weihnachten in lieber Zweisamkeit gern im Bild festhalten. Die Bäckereien waren daheim schon bereit, die Kerzen hatte sie hier. Natürlich würde sie einen kleinen Christbaum aufputzen, ihr Mann mochte das und sie war glücklich darüber. Und da war der Schal für die Nachbarin und das Säckchen mit den Holztieren für deren behindertes Kind: Ein Hund mit drei Schafen, ein Hahn, eine Henne und vier Küchlein, alles aus edlem Holz und in natürlicher Verarbeitung. Es schadete nicht, wenn der Bub sie in den Mund steckte. Er war fünf Jahre und konnte kaum sprechen und gehen und sie hörte manchmal durch die Wand sein unartikuliertes Schreien. Die Tiere würden ihm sicher gefallen.

Ein unbehagliches Gefühl stieg in ihr auf. Warum eigentlich? Sie tastete noch einmal nach dem schönen, warmen Schal und den hübschen Holzfiguren, dazu ein Teller mit Weihnachtsbäckerei. Vielleicht sollte sie noch einen kleinen Rollschinken und ein paar Kompottgläser dazu legen? Das schlechte Gefühl schwand nicht. Natürlich würde sie am Christtag gegen Abend die Nachbarin mit dem Kind herüberbitten und nochmals die Kerzen am Baum anzünden, auch noch ein kleines Spielzeug darunter legen ... aber was war am Heiligen Abend? Sie sah fast greifbar die junge Frau vor sich, wie sie heute früh im Stiegenhaus gesagt hatte: „Die ersten Weihnachten ohne meinen Mann..." und sich dabei verstohlen über die Augen wischte. Sie hätte sie ja gern am Heiligen Abend eingeladen, aber das Kind? Konnte sie das ihrem Mann antun? Wenn der eigene Vater es bei ihm nicht mehr ausgehalten und im letzten Frühjahr die Familie verlassen hatte? Im gleichen Augenblick prallten zwei Gefühle in ihrem Inneren hart gegeneinander: Ärger über den Pflichtvergessenen und Widerstand gegen die Konsequenzen, die sie aus diesem Ärger eigentlich ziehen müsste, nein, schon gezogen hatte, wie ihr nun bewusst wurde. Sie kannte doch das gute Herz ihres Mannes, seine Toleranz – sie konnte sich wirklich nicht auf ihn ausreden. Geruhsam würde der Heilige Abend mit diesen Gästen freilich nicht werden, aber würde er das, wenn sie beim Feiern ständig an die Nachbarin denke musste, wie sie mit wehem Herzen versuchte, ihrem Kind ein Weihnachtsfest zu bereiten und seinem sehnsüchtigen Gestammel „Pappi, Pappi?" standzuhalten, diesem Kind, das sie liebte, und das sie doch den Gatten gekostet hatte, das nie ihr Stolz und ihre Stütze sein würde?

Frau Maria blickte zum Tabernakel vor. Wie hatte sie auf die Weihnachtskarten in Zierschrift geschrieben: „Das unbeschreibliche Geschenk Gottes an alle Zeiten ist seine Mensch gewordene Liebe." Konnte sie zur Mette gehen, und diese Liebe nur dorthin weitergeben, wo es ihr leicht fiel?

Das Ewige Licht glomm aus der Dämmerung wie ein Fünklein und je länger sie es anschaute, desto ruhiger wurde sie, desto klarer wurde es in ihr. Energisch raffte sie ihre Schätze zusammen und ging nach Hause.

Heiliger Abend. Die frühe Dämmerung war schon hereingebrochen. Frau Maria warf einen kritischen Blick auf ihre Vorbereitungen. Der Baum stand da, übersät mit Kerzen, Strohsternen, Lebkuchen und kleinen roten Äpfelchen; darunter war die geschnitzte Krippe aufgebaut, davor waren die Geschenke ausgebreitet. Zum Schal für die Nachbarin waren noch pelzgefütterte Handschuhe gekommen, für die Holztiere hatte ihr Mann in letzter Minute einen allerliebsten Stall gebastelt und er war richtig in Eifer gekommen bei der Anfertigung von allerlei Zubehör: Eine Hundehütte, eine Hühnerleiter, ein Futtertröglein ...

Zu ihrem Vorschlag, die Nachbarin mit dem Kind einzuladen, hatte er nur gemeint: „Nun, das musst du selber entscheiden – schließlich hast du die Arbeit damit!"

Den Tisch hatte sie mit ihrer schönen Weihnachtsdecke gedeckt, über die sie vorsorglich eine durchsichtige Plastikfolie gebreitet hatte. Darauf stand eine dicke rote Kerze in einem standfesten Leuchter, an jedem Platz lagen Tannenzweiglein mit Goldsternen. Sie nickte befriedigt. Es sah festlich aus. Sie schaute auf ihre Armbanduhr. Die Gäste mussten gleich kommen. In diesem Augenblick läutete die Türklingel. Sie drückte ihrem Mann die Zündhölzer und den Kerzenanzünder in die Hand und ging ins Vorzimmer, um die Eingangstür zu öffnen. „Ah, ah", rief der Kleine, watschelte auf sie zu, fasste sie mit einer Hand um die Knie und streckte ihr mit der anderen ein wolliges Etwas entgegen, das wohl ein Schäfchen sein sollte. Sie hatte ihn selten aus der Nähe gesehen, da er tagsüber eine therapeutische Einrichtung der Lebenshilfe besuchte, und wenn er krank gewesen war, hatte sie wohl seiner Mutter Wege und Besorgungen abgenommen, aber sich nie dazu durchgerungen, sich als Babysitter anzubieten. Die Berührung der weichen Patschhand und der Druck des kleinen Körpers rührte an ihr mütterliches Herz und sie beugte sich nieder, nahm das Lämmchen entgegen und blickte in zwei strahlende, blaue Augen. „-histkind, -histkind!", stieß der kleine Mund aufgeregt hervor. Sie hob das schwere Bürschchen hoch und lächelte der Mutter zu. Da war keine Zeit mehr für Zögern und Verlegenheit.

Nun ertönte ein Glöckchen und ihr Mann öffnete die Tür des Weihnachtszimmers. Sie stellte das Kind wieder auf den Boden und fasste seine Hand, die Mutter ergriff die andere und so traten sie zum Christbaum. Und dann beobachteten die drei Menschen gerührt wie das Kind, überwältigt vom Lichterglanz stehen blieb und nur kleine Laute des Entzückens von sich gab. Dann riss es sich los, packte die kleine Miezekatze, die Frau Maria schließlich doch noch auf den Platz des Kindes gelegt hatte, und drückte sie an sein Herz. Seine Mutter nahm es wieder hoch, Maria stellte das Woll-Etwas vor die Krippe und der Mann stimmte das „Stille Nacht" an, von dem freilich, unterbrochen durch Schluchzen und Gestammel, nur eine Strophe zustande kam. Dann lagen sich die beiden Frauen, das Kind zwischen sich, weinend in den Armen. Schließlich schmiegte sich Maria dankbar an ihren Gatten. Als endlich alle Geschenke bewundert waren, setzten sich die Vier zum Essen. Freilich gab es da noch die eine oder andere Panne – das Plastiktuch bewährte sich – und die Rührung war der Fröhlichkeit gewichen.

Ehe die Nachbarin und das erregte, glückliche Kind wieder in ihre Wohnung zurückkehrten, trippelte es auf Maria zu und als sie sich zu ihm niederbeugte, gab es ihr einen zärtlichen, feuchten Kuss.

Später bereitete sich das Ehepaar für den Gang zur Mette vor. Maria lächelte ihren Mann an. Nun konnte sie dankbaren Herzens in die Johanneskirche, dieses wunderbare Barockjuwel, zum festlichen Gottesdienst gehen, und was sie heute entdeckt hatte, würde sie nicht mehr vergessen: Auch das kleine Wesen von nebenan konnte lieben und glücklich sein.

Christkindlmarkt

Kindergewimmel,
Glöckchengebimmel,
Budengedränge,
Christbaumbehänge,
Flittergefunkel,
Tannenzweigdunkel.

Köstengebrutzel,
Apfelgehutzel,
Lebkuchendüfte,
würzige Lüfte.

Schnee in den Gassen –
Flaumfedermassen!
Neblige Ferne,
funkelnde Sterne:

Einer für alle über dem Stalle!

Die Hexe

Die alte Frau stand mitten auf dem Gehsteig und schaute ihrem Hund zu, der das Abfallrohr der Dachrinne beschnupperte und an den rundum wachsenden Grasbüscheln zupfte. Ein Grüppchen Kinder bog um die Ecke. „Huch, die Hexe!", rief eins, „die Hexe, die Hexe!", schrien alle und stoben auf die andere Straßenseite. Nein, nicht alle. Ein kleines Mädchen in einem blauen Mäntelchen, mit einer hellbraunen Schultasche, die blonden Zöpfe auf dem Rücken mit einer weißen Masche ordentlich zusammengebunden, blieb stehen. Marlies Lercher schaute die Alte mit großen Augen an. Hexen gab es nur im Märchen, hatte ihre Mutter gesagt. Und das sollte eine sein? Ihr Rücken war ein bisschen krumm und von einem großen, gehäkelten Dreieckstuch verhüllt, darunter schaute ein grauschwarzer, ziemlich langer Rock hervor, und hohe Schnürschuhe. Auf dem Kopf hatte sie einen Hut, wie ihn Marlies von den alten Bildern in Mutters Album kannte. Und ihr Gesicht? Schaute das nun böse oder doch eher traurig aus? Sicher war das nur eine ganz gewöhnliche alte Frau.

Die Frau war beim Geschrei der Kinder etwas zusammengezuckt, hatte sich aber nicht nach ihnen umgedreht. Jetzt bemerkte sie das Mädchen und fuhr es an: „Was schaust du so dumm? Mach dich fort, sonst verhexe ich dich!" Marlies wich einen Schritt zurück und errötete. Aber: Hexen gab es nicht, und sie wollte sich nicht ins Bockshorn jagen lassen, nun gerade nicht! Tapfer machte sie zwei Schritte nach vorn und fragte das Erste, was ihr einfiel: „Wie heißt denn das Hunderl?" Ein überraschter Blick streifte sie, dann wurde das Gesicht der Frau weich, sie beugte sich zu dem kleinen, struppigen Köter nieder, streichelte ihn und sagte: „Das ist mein Waudi. Gelt, Waudi, bist mein braves Hundi?" Marlies trat noch näher und bat: „Darf ich ihn streicheln?" „Nein, nein", sagte die Alte erschrocken, „er kennt nur mich." Aber der Hund legte das Köpfchen schief und wedelte ein bisschen, und Marlies, die mit ihren Eltern gerade erst vom Land in die Stadt gezogen war und sich viel mit Hunden abgegeben hatte, hielt ihm vorsichtig ihre Hand hin, an der er freundlich schnupperte, und tätschelte ihn dann, was er mit heftigerem Wedeln quittierte. „Waudi mag dich", sagte die Frau erstaunt, „du bist ein gutes Kind!" Dann wandte sie sich abrupt ab und zog den Hund mit sich fort, die Kleine aber lief mit großen Sprüngen nach Hause, um der Mutter von der Begegnung zu erzählen.

An den nächsten Tagen hatte die dritte Klasse, die

Marlies besuchte, später aus, und sie sah die Alte nicht. Aber am Samstag stand diese wieder da, und es schien, als schaue sie heimlich nach der Ecke. Marlies kam diesmal als Erste. Sie sprang auf die alte Frau zu, streckte ihr die Hand hin, die zögernd ergriffen wurde, und kramte dann in der Schultasche nach den Resten ihrer Wurstsemmel, die sie dem Waudi fütterte. Die anderen Kinder blieben diesmal an der Ecke stehen, und als eines wieder anfangen wollte: „Die Hexe!", bekam es einen Rippenstoß, und niemand fiel in den Ruf ein. Vielmehr beobachteten alle interessiert, wie nun die „Hexe" in ihrem Beutel suchte, eine Tafel Schokolade hervorbrachte und sie der Kleinen hinhielt. Diesmal war sie es, die fragte: „Wie heißt du denn?" Marlies nannte ihren Namen und erzählte, dass sie mit ihrer Familie in die Stadt gekommen sei, weil der Vater in die Zentrale seiner Firma geholt worden war, und weil die größere Schwester hier ins Gymnasium gehen sollte. Als die Frau plötzlich wieder wegstrebte, trippelte Marlies noch ein paar Schritte mit, bis sie ihren Bericht fertig hatte, blieb dann stehen und sah ihr nach. So trafen sich die beiden nun zweimal in der Woche. Bald brachte die Kleine etwas für den Hund, bald die Frau etwas für die Kleine mit, und die Unterhaltung wurde immer länger, blieb aber einseitig. Das Kind plauderte von der Schule, von seinen neuen Freundinnen, seinem kleinen Brüderchen, wohl auch einmal von einem Streit mit der Schwester oder einem zerbrochenen Spielzeug, und es ging gelegentlich bis zum Haustor mit, hinter dem die Alte verschwand. Die anderen Kinder nahmen die Angelegenheit bald als gegeben hin und kümmerten sich nicht weiter darum, unterließen nun aber auch die Spottrufe.

Marlies' Mutter wusste inzwischen einiges über die neue Freundin ihres Kindes. Sie hieß Anna Wild, war die Witwe eines Beamten und nach dem Tod ihres Mannes hierher in eine kleine Wohnung gezogen, hatte ein bescheidenes Auskommen, lebte aber sehr einsam und sprach mit niemandem. Eine ebenfalls alte Frau kam zweimal in der Woche zu ihr, um gröbere Arbeiten zu erledigen und Einkäufe für sie zu machen, von ihr konnte man aber zum Leidwesen der Nachbarn auch nichts Näheres erfahren. Frau Lercher hatte gegen diesen Umgang ihrer Tochter nichts einzuwenden, und dachte, er könne beiden Teilen nicht schaden.

So kam Weihnachten heran. Einige Tage vor dem Fest – Marlies saß mit ihrer Familie um den Tisch, auf dem der Adventkranz lag und feine Rauchfäden hingen noch in der Luft – wurde das Kind plötzlich nachdenklich. „Mutti", sagte es dann, „ob Frau

Wild wohl etwas zu Weihnachten bekommt?" Die Mutter schaute ihr Töchterchen liebevoll an und wiegte zweifelnd den Kopf. Da wurde die Kleine lebhaft. „Können nicht wir ihr ein Bäumchen bringen und etwas schenken?" Sie sprang auf und holte ihre Sparbüchse. „Das ist ein schöner Gedanke", sagte Frau Lercher, die das selber schon überlegt hatte. Und so wurde mit vereinten Kräften ein kleiner Tannenbaum aufgeputzt und ein Körbchen mit Weihnachtsbäckerei, anderen guten Dingen und einem Paar Handschuhen zusammengerichtet, und Marlies legte zuletzt noch eine Wurst für den Waudi dazu.

Am frühen Abend des 24. Dezember begleitete die Mutter ihr Mädelchen selber zu Frau Wild, und auch die Schwester war mitgekommen. Die beiden Mädchen konnten gut miteinander singen und sie wollten so ein bisschen Weihnachtsstimmung bringen. Sie entzündeten die Kerzen am Bäumchen und läuteten dann an der Wohnungstür. Schritte kamen näher, man merkte eine Bewegung am Gluckloch, doch dann blieb es still. Die Mutter ahnte wohl, was hinter der Tür vorging und stimmte ein Weihnachtslied an. Die hellen Stimmen klangen festlich durch das Stiegenhaus. Erst bei der dritten Strophe wurde die Tür einen Spalt und schließlich zögernd ganz geöffnet. Frau Wild stand in einem alten Schlafrock dahinter und tupfte rasch noch einmal mit einem Tuch über ihre Augen. „Frohe Weihnachten", riefen die Kinder, „frohe Weihnachten, und das ist für Sie!" „Für mich, für mich", sagte die Frau leise, „das ist für mich?" Sie trat von der Tür zurück und ließ ihre Besucher eintreten, in ein kleines Wohnzimmer, das einfach eingerichtet und sehr ordentlich aufgeräumt war. Es wirkte eigentümlich kalt, man wusste nicht gleich, warum. Aber es war nichts von den Kleinigkeiten zu sehen, die alte Leute sonst meist herumstehen haben. Keine Fotos, keine Nippsachen, keine Deckchen … Marlies stellte den Christbaum auf ein Schränkchen, und da lag ein großer Briefumschlag, an Frau Wild adressiert, mit einer roten Schrift quer darüber. Frau Wild wollte ihn rasch wegnehmen, aber in der Eile ließ sie ihn fallen, Marlies hob ihn auf. Es stand darauf in großen, etwas zittrigen Buchstaben „Annahme verweigert". Frau Wild nahm ihn und versteckte ihn hinter ihrem Rücken. Dann mochte sie wohl begreifen, dass es dazu zu spät war, und sie verfiel ins Gegenteil. Sie hielt ihn der Mutter hin und stöhnte: „Ich kann nicht, ich will nicht …" Diese fragte sanft: „Sie wollen ihn nicht annehmen, es tut Ihnen zu weh?" Sie fragte nicht, von wem der Brief war. Aber Frau Wild setzte sich an den Tisch, legte den Kopf auf die Platte und schluchzte laut auf. „Von meiner Tochter", stieß sie heraus. „Ich hab sie weggetrieben damals, wegen dem Neger ... ich wollte kein schwarzes Enkelkind ...", und wieder weinte sie vor sich hin. „Und nun können Sie nicht mehr zurück, obwohl Sie möchten?" Ein lautes Aufweinen bestätigte, dass Frau Lercher das Richtige getroffen hatte. Sie schob der Verzweifelten den Brief näher und fragte leise: „Wollen Sie ihn nicht wenigstens lesen?" Frau Wild nickte mit dem Kopf, die Besucherin öffnete den Umschlag und fragte: „Soll ich ihn vorlesen?" Wieder das Nicken. „Liebe Mutter", stand da. „Du schickst alle meine Briefe zurück, aber nun ist wieder Weihnachten, und ich will es doch noch einmal versuchen. Es ist so lange her, dass wir einander weh getan haben. Heute verstehe ich, dass du nur mein Bestes wolltest. Aber ich war nicht so unbesonnen, wie du geglaubt hast, und ich habe mein Leben nicht verpatzt. Es war oft schwer, besonders die Trennung von dir hat mir sehr weh getan, und oft hätte ich Dich gebraucht. Aber hättest du mich nie gebraucht? Wäre dein Leben nicht schöner, wenn du deine Enkelkinder um Dich hättest, auch wenn sie dunkel sind? Es sind liebe, brave Mädchen, und sie würden ihrer Großmutter so gern Freude machen, auch wenn sie sie noch nicht kennen. Ach Gott, wie oft habe ich dir das oder etwas Ähnliches schon geschrieben, aber ich glaube immer, einmal wird es nicht umsonst sein ... Deine dich trotz allem liebende Tochter Anni." Lange war es still.

Die Mädchen hatten sich an ihre Mutter geschmiegt, Marlies hielt Waudi auf dem Arm, der auch ganz ruhig war. Da langte Frau Wild nach ihrer Hand, zog sie zu sich und nahm sie in die Arme. „Vielleicht sind sie auch so liebe Mädchen gewesen – und nun sind sie schon erwachsen und ich habe alles versäumt!" „Zum Liebhaben ist es nie zu spät, und vielleicht werden Sie bald Urgroßmutter?", lächelte Frau Lercher. „Wollen wir ihr schreiben, dass sie kommen soll?" Frau Wild fasste sich. „Ich danke Ihnen!", sagte sie fest, „und ohne dich, Marlies, wäre das alles nie gekommen. Und nun will ich gleich schreiben..." Sie griff in eine Schublade, holte ein Blatt Papier und einen Stift hervor, und sie schien die Besucher schon vergessen zu haben, vor lauter Eifer, zu schreiben. Frau Lercher löschte die Kerzen und zog sich mit ihren Kindern zurück. Und wenn sie sich auch länger aufgehalten hatten, als vorgesehen, und wenn der Vater mit dem kleinen Buben auch schon ungeduldig auf sie wartete, so wurden es nun für sie alle besonders schöne Weihnachten.

Weihnachtsklänge

Was rufen die Glocken von Turm zu Turm
in festlichem Jubel wie Wettersturm?
Was jubeln sie hell in vielstimmiger Pracht?
Die Glocken verkünden die Heilige Nacht:

Das Gotteskind liegt in der Krippe!

Was künden die Lieder von Tal zu Tal?
Was singen die Menschen so innig zumal?
Sie wollen ja heute in festlichen Weisen
die göttliche Liebe in Dankbarkeit preisen:

Das Gotteskind liegt in der Krippe!

Herrn Alfons' Weihnachtsabend

Im kleinen Café waren nur wenige Gäste. Herr Alfons nickte im Hereinkommen dem netten jungen Kellner zu, sagte: „Wie immer", und setzte sich, auch wie immer, etwas mühsam an den kleinen Tisch in der Fensternische, den Gehstock neben sich lehnend. Bald stand sein Verlängerter vor ihm und daneben lag die Zeitung, aber, anders als sonst, schlug er sie nicht auf, sondern schaute auf die Straße hinaus. Sicher durfte er, der Stammgast, das Blatt nachher mitnehmen. Es war ja der vierundzwanzigste Dezember, das Lokal schloss also früher und an Feiertagen war es ohnehin nicht offen. Niemand würde die Zeitung vermissen.

Morgen war er bei der Familie seines alten Freundes eingeladen, aber den heutigen Heiligen Abend würde er, wie schon seit Jahren, allein verbringen. Er hatte zu Hause einen großen Tannenzweig mit ein paar Kerzen, Strohsternchen und -engelchen verziert, das Bild seiner längst verstorbenen Frau und das schöne geschnitzte Krippenrelief, das er einmal mit ihr zusammen aus Gröden mitgebracht hatte, daneben gestellt, und die Platten mit dem Weihnachtsoratorium von Bach, das er sich selber als Christgeschenk beschert hatte, aufgelegt. Einen kleinen festlichen Aufschnittteller hatte er aus dem Geschäft geholt und Teewasser stand auf der Kochplatte bereit. So würde er bei Kerzenschein und Bachmusik den Heiligen Abend beginnen, seine Mahlzeit einnehmen, sich mit der Zeitung ins Fauteuil setzen und schließlich die Christmette besuchen. Ähnlich hatte er es auch in den vergangenen Jahren gehalten.

Auf der Straße war es fast menschenleer. Die Glühbirnen der Weihnachtsdekoration brannten schon, aber es war erst leicht dämmerig. Nun kam eine kleine Gruppe von Männern aus dem gegenüberliegenden Haustor. Das waren wohl die Zeichner aus dem Architekturbüro. Hatten die heute noch gearbeitet? Sie gingen zu zweien und dreien die Straße hinunter und diskutierten lebhaft. Alfons vermutete, dass es um das jüngste Fußballspiel ging. Oder war es ein neues Projekt, an dem sie arbeiteten? Vielleicht auch der bevorstehende Schiurlaub?

Plötzlich kam es Alfons in den Sinn, sich vorzustellen, Weihnachten geschehe heute. Dann war ihnen gerade der Engel erschienen und sie machten sich, zutiefst aufgewühlt, auf den Weg zum neugeborenen Erlöser. Da hatten sich wohl die zwei, die als Letzte, ein Stück hinter den anderen, gingen, gerade nach einem alten Streit versöhnt. Der Vorderste, Jüngste, überlegte vielleicht, das heranwachsende Kind im Auge zu behalten, inzwischen tüchtig und gewissenhaft zu arbeiten, um sich ihm dann als Gefolgsmann anzuschließen. Der Breitschultrige nahm sich gerade vor, sich mit seiner Frau auszusprechen und mit ihr einen neuen Anfang zu machen, und der Ältere, Magere, begann zu hoffen, dass es vielleicht doch ein Leben nach dem Tode gab und er seine vor Kurzem verstorbene Tochter einst wiedersehen würde.

Alfons nahm ein paar Schlucke aus der Tasse und rückte dann näher zum Fenster, begierig, sein Spiel fortzusetzen. Eine Weile kam niemand, dann ein paar Gestalten in Pelzmänteln. Es waren wohl Damen, aber er musste es ja nicht so genau nehmen; von hinten konnten sie wohl für die Weisen aus dem Morgenland gelten. Und schließlich, wer sagte, dass die Weisen alle Männer gewesen waren? Sie gingen in eine andere Richtung als die Gruppe von vorhin. Sie waren auf der Suche nach dem Erlöser wohl gerade vom Flugplatz gekommen, aber sie hatten noch eine falsche Vorstellung von ihm. Alfons schaute in seine Tasse und überlegte. Die Weisen hatten im Königspalast nachgefragt, aber dann das Kind im Stall gefunden. Wir Heutige halten es nicht mehr so sehr mit der Monarchie, aber uns faszinierten Berühmtheit und Erfolg. Wir müssten uns wohl sagen lassen, dass auch eine pilgernde, unvollkommene Kirche uns mit dem Erlöser vereinen konnte.

Nach einem Herodes brauchte Alfons nicht lange zu suchen. Es gab sie immer noch in Scharen, und mehr unschuldige Kinder als in Bethlehem wurden heute der Machtgier oder dem Egoismus geopfert.

Der Kellner kam, um zu kassieren. Alfons schob ihm ein größeres Trinkgeld zu und fragte, was er in den nächsten Tagen vorhabe. Da strahlte der Junge auf, beugte sich zu ihm und flüsterte: „Nach den Feiertagen bin ich nicht hier, ich gehe auf Hochzeitsreise." Dann löste er verlegen-geschäftig die Zeitung aus dem Rahmen und gab sie dem Gast. Dieser gratulierte ihm herzlich und machte sich lächelnd auf den Heimweg. Nun hatte er auch seinen heiligen Josef. Aber dann zog er diese Vorstellung doch wieder zurück. Eine so selbstlose, schwierige Aufgabe wollte er dem glücklichen Bräutigam doch nicht aufbürden. Er ging im Geist seinen Bekanntenkreis durch. Ja, da war der Enkel seines Freundes, der ein behindertes Kind adoptiert hatte. Nach dem Spruch: „Was ihr dem geringsten meiner Brüder tut, das habt ihr mir getan", konnte man ihn wohl als Pflegevater Jesu gelten lassen.

Zu Hause hatte Alfons gerade seinen Mantel aufgehängt, als es klingelte. Die fünfzehnjährige Claudia, die unter ihm wohnte, stand mit einer schön verzierten, hausgemachten Weihnachtstorte vor ihm und wünschte ihm im Namen ihrer Familie frohe Feiertage. Er nahm ihr das willkommene süße Geschenk mit Dank ab, und da er ahnte, dass die kleinen Geschwister schon hart auf die Bescherung warteten, hielt er sie nicht länger zurück, sondern gab ihr gleich die vorbereiteten Bonbons.

Sie war ein liebes, hübsches, fröhliches Geschöpf mit großen, unschuldig blickenden Augen. So mochte einst Maria gewesen sein. Konnte man sich vorstellen, dass Claudia Gottes Sohn zur Welt brachte? Alfons erschrak fast. Es schien unvorstellbar. Aber genau das war das große Geheimnis, das uns so schwer einging: Jesus, als wahrer Gott und zugleich wahrer Mensch, von einer Menschenmutter in unsere Welt hineingeboren, um uns zu erlösen ...

Alfons blickte Claudia nach und stellte sie sich vor mit dem Gottessohn in den Armen. Dankbares Staunen erfüllte ihn. Dann ging er ins Zimmer und zündete die Kerzen an. „Jauchzet, frohlocket!", klang es aus dem Lautsprecher. Als er in die leuchtenden Flammen schaute, wusste er plötzlich auch seine Rolle:

Nach der Christmette, wenn er Jesus in der Kommunion empfangen hatte, wollte er beten wie Simeon: „Nun kann ich in Frieden sterben, denn ich habe mit eigenen Augen gesehen, dass du dein rettendes Werk vor aller Welt begonnen hast." Er lächelte. „In Frieden sterben" – es musste ja nicht allzu bald sein!

Bergweihnacht

Kommerzialrat Kurt Medward stapfte den steilen Weg durch den Winterwald hinauf. Es war zwischen den Bäumen schon dämmerig. Dass es auch immer kälter wurde, spürte er im angestrengten Ausschreiten nicht. Er hatte sich mit seiner Frau und seiner Tochter geeinigt, heute allein zu seiner Hütte zu gehen, aber als er aufbrach, hatte er doch eine heftige Wut verspürt. Weihnachten bedeutete ihm zwar nicht viel, aber der Heilige Abend war für ihn ein Familienfest, das Familienfest. Dass „seine Damen" darauf bestanden hatten, nach englischer Sitte einen Ball zu geben, war in seinen Augen weder durch die Erinnerungen Imeldas an ihr Englandjahr, noch durch die Ankunft ihrer englischen Freunde zu rechtfertigen. Hatte er ihr im letzten Jahr, beim ersten Weihnachtsfest nach ihrer Rückkehr, die Idee noch ausreden können, so hatte sich die Mutter heuer auf ihre Seite geschlagen und der bevorstehende Besuch den Ausschlag gegeben. Mochte man seine Abwesenheit mit beruflicher Überarbeitung und nervlicher Überlastung entschuldigen, ihm war das egal.

Die Ruhe, die einzig durch das Knirschen des Schnees unter seinen Schuhen unterbrochen wurde, und die körperliche Bewegung taten ihm wohl, und er spürte, wie Zorn und Ärger verebbten. Er mäßigte sein Tempo und blickte um sich. Die Äste der alten Tannen hingen so tief herab, dass er sie fast streifte, und weiche Schneepolster schimmerten auf ihnen. Ein leichter Nebel kam auf und er fand sich von bizarren Schemen umgeben – kleineren Bäumen, die nun den Weg säumten, und die mit ihren Schneekappen und Nebelschleier Fabelwesen glichen.

Nun kam die Hütte in Sicht, auch sie mit ihrem verschneiten, tief herabgezogenen Dach ein märchenhafter Anblick. Kein Licht im Fenster, kein Rauch aus dem Kamin – was hatte er denn erwartet? Natürlich hatte er heute niemanden heraufschicken können, um seine Ankunft vorzubereiten. Zugleich mit der lächerlichen Enttäuschung, die er sich verwies, erfüllte ihn der Gedanke, dass er nun auf sich allein gestellt war, auch mit dem Gefühl trotziger Kraft. Wie lange war es her, dass er sein Studium an der Handelshochschule erarbeitet, erkämpft, erhungert hatte? Sein rascher Aufstieg zu einem der führenden Geschäftsleute erfüllte ihn mit Stolz. Jedenfalls war er nicht der Weichling, der sich nicht zu helfen wusste. Er sperrte die Tür auf und trat in den kleinen Raum mit der umlaufenden Holzbank, dem klobigen Tisch und der Feuerstelle in der Ecke. Gegenüber führte eine steile Treppe, fast nur eine Leiter, zu den beiden winzigen Schlafräumen hinauf. Dass er sich gerade diese und nicht eine komfortable Hütte erbaut hatte, war, das wurde ihm eigentlich erst jetzt klar, ein Zugeständnis an das Heimweh nach seiner Vergangenheit, das nie ganz verstummt war.

Er warf den Rucksack auf die Bank, entzündete die Petroleumlampe und kniete sich vor den kleinen Herd. Papier, Späne und trockene Holzscheiter waren in der Ecke sorgfältig aufgeschlichtet und im Nu hatte er alles für das Feuer vorbereitet. Aber als er das Zündholz an den Stoß hielt, merkte er, dass kein Zug im Kamin war. Er zerbiss einen Fluch. Der Rauchfang war wohl zugeschneit. Das geschah gelegentlich und er hatte noch nicht dafür gesorgt, dass die Konstruktion verändert wurde. Sollte er auf das Dach steigen und den Schaden beheben? Das Papier war rasch niedergebrannt und hinterließ eine leichte Rauchschwade im Raum. Die nächtliche Klettertour reizte ihn gar nicht, er würde auch ohne Feuer auskommen. Er holte seinen Imbiss hervor, zu dem auch heißer Tee in der Thermoskanne gehörte, und stärkte sich. Dann stieg er in den Schlafraum hinauf, häufte sämtliche Decken auf sein Lager und versuchte zu schlafen. Er versank auch rasch in einen leichten Schlummer. Der Schlafmangel der letzten Zeit, die körperliche Müdigkeit nach dem Anmarsch und die angenehme Wärme vom genossenen Getränk halfen ihm dabei.

Als er erwachte, wusste er nicht, ob er Stunden oder nur Minuten geschlafen hatte. Es fror ihn, er musste aufstehen und Bewegung machen. Er tastete nach der Laterne, entzündete sie wieder und ging hinunter in die Stube. Es war kurz vor Mitternacht. Ein paar Turnübungen brachten seinen Kreislauf wieder in Schwung. Er öffnete die Tür und trat vor die Hütte hinaus. Der Nebel hatte sich verzogen, im schwarzen Himmel hingen riesengroß die Sterne wie leuchtende Edelsteine. Immer schon hatte dieser Anblick in mondlosen Nächten ihn überwältigt. Auch jetzt fühlte er ein fast schmerzhaftes Ziehen in der Brust, Tränen feuchteten seine Augen und er hob unwillkürlich die Arme. Und nun, was war das? Ein hoher Glockenton wehte über den Wald herauf, ein tieferer gesellte sich ihm und nun schlug auch die große Glocke an. Der kaum fühlbare Wind musste gerade aus der Richtung des Dorfes kommen und er trug ihm das jubelnde Geläut zur Mitternachtsmette zu. Wie lange war er nicht mehr in der Kirche gewesen? Trotzdem glaubte er sich geradezu körperlich in den Festgottesdienst versetzt, sah die vielen Kerzen um den Barockaltar des kleinen Gotteshauses flimmern, vor den nun der Priester im weiß-goldenen Ornat hintrat, hörte den Klang der Altarglocke und das Anschlagen der Ketten am Rauchfass, atmete fast die Weihrauchschwaden. Er war einmal Ministrant gewesen und mit dem Priester feierlich an den Altar gezogen. Vier kleine Mädchen in weißen Kleidchen hatten ein lebensgroßes Jesuskind getragen und es behutsam in die Krippe gebettet. Wie hatte er seine Schwester beneidet, die einmal dieses Ehrenamt hatte ausüben dürfen. Er schüttelte den Kopf. Eine Puppe? Das Abbild eines kleinen Kindes? Erklärte das jene Sehnsucht, die er zutiefst im Herzen spürte? Er schüttelte sich, halb vor Kälte, halb um sich aus der ungewohnten Stimmung zu reißen. Er schaute noch einmal hinauf zum Firmament, auf dem die Sterne kaum merklich weitergewandert waren und trat dann in die Hütte zurück. Kalt war es auch im Stall gewesen, dachte er nun plötzlich. Und das kleine Kind war der Sohn des Gewaltigen, der die Sterne, der Millionen und Milliarden von Welten ins Sein gerufen hatte und sie ziehen ließ auf geheimnisvollen Bahnen. Dieser Gottessohn war hilflos und klein in der Krippe gelegen, so wie nun sein Abbild im Kirchlein. Er war herangewachsen, hatte den Menschen von Gott und seiner Liebe erzählt, sie ihnen vorgelebt. Als sie ihn verwarfen, hatte er, Gottes Sohn, sich ihrem Hass ausgeliefert und den grässlichsten

Tod auf sich genommen – aus Liebe. Und dann war er als Sieger auferstanden. Konnte man das glauben? Konnte man, wenn man es glaubte, sich je wieder verloren fühlen, je wieder sein Glück in der Hetze um Macht und Ansehen suchen? Und wenn man es nicht glaubte, konnte diese Hetze je das Gefühl des Verloren-Seins, der Sinnlosigkeit auslöschen?

Weihnacht! Heilige Nacht! Er sprach es halblaut vor sich hin. Dann fielen ihm die unheiligen Nächte ein, die unheilvollen der Kälte, des Hungers, der Brutalität und Unmenschlichkeit, der Unmenschlichkeit auch unter dem Deckmantel großer Gefühle. Wie oft hatte er Gott angeklagt, der all das zuließ?

Der Schein der Petroleumlampe zuckte durch den Raum. Wieder kam ihm das Bild des Kindes in der Krippe in den Sinn und er begriff: Das war Gottes Antwort. Er hatte all das nicht nur zugelassen, sondern auf sich genommen – in Liebe auf sich genommen! Durfte man da fragen, was das gebracht hatte? Musste man nicht vielmehr fragen – musste er sich nicht vielmehr fragen, welchen Beitrag er selber geleistet hatte, zur Liebe oder zur Unmenschlichkeit? Und Gott hatte auch den zugelassen und ihn nicht zerschmettert. Wie viele Menschen aber hatten in der Nachfolge des Gotteskindes ihren Beitrag zur

Liebe geleistet? Warum hatte er das nie sehen wollen?

Er spürte, wie seine Zähne aufeinander schlugen. Er holte nun doch die Leiter und machte beim Schein der Lampe den Rauchfang frei. Bald flammte im Herd ein wärmendes Feuer. Auf der Bank daneben konnte er sich ein paar Stunden der Ruhe gönnen und dann rechtzeitig ins Dorf zum Hochamt kommen.

Alleluja

Arme Menschen im Stall,
ein Neugeborenes in einer Krippe –
Warum
singen die Engel „Alleluja"?

Arm auch wir, ob im Stall
oder von allem Luxus umgeben.
Darum
singen wir meistens kein „Alleluja"!

Gott nahm im Stall auf sich
Not und Leid, um uns eines zu lehren:
Liebe!
Lasset uns singen: „Alleluja"!

Die Nächte des Hirten

Eine kalte Nacht, heute! Das Feuer wärmt kaum, aber wenigstens hält es die Wölfe, dieses Raubzeug, fern. Der Hund ist ja brav, treibt die Schafe gut zusammen.

Ach, was soll das alles! Wie die Sarah noch bei mir war, hat das Leben einen Sinn gehabt. Dass die hat sterben müssen mitsamt dem Kleinen, dass ich sie nie, nie mehr sehen soll, das verwinde ich nimmermehr. Da muss ich wieder weinen. Und ich nehme mir auch keine Neue – was soll das schon bringen? Einmal geht doch alles zu Ende, und was ist dann?

Warten auf den Messias, sagen sie im Tempel. Der vertreibt dann die Römer – dann habe ich mehr Schafe, vielleicht sogar ein kleines Haus – und wieder: Was dann?

Ich sollte nicht daran denken, es ist so – so schaurig, aber ich muss es mir immer wieder ausmalen. Vielleicht bin ich dann selber auch nicht mehr, dann spüre ich gar nichts – hörte ich einen sagen. Und das gefällt mir erst recht nicht! Das kann doch nicht alles sein – wozu denn dann das Ganze?

Oder es gibt einen Himmel, einen Gott darin, und was hab ich mit dem zu schaffen? Ich gehöre zu den armen Leuten, die nicht lesen können, nicht in den Tempel gehen, vielleicht auch noch Ärgeres treiben – kurz, mit denen die Frommen nichts zu tun haben wollen. Das wird dann dort auch nicht anders sein.

Schluss jetzt – vielleicht kann ich doch noch ein bisschen schlafen.

Ein paar Wochen später:
Das war eine Nacht, gestern, die vergesse ich meiner Lebtage nicht! Zuerst das Geflimmere der Sterne, und dann waren es gar nicht die Sterne! Das war ein Engel – meiner Seel, es war ein Engel, und noch eine Schar von Engeln dabei, und ein Singen und Jubeln, und „Ehre sei Gott" – das sangen sie vor uns, ausgerechnet vor uns Hirten, und „Frieden" – auch wieder, für uns Hirten! Und wir sollten zu einem Stall gehen und dort den Messias finden, und das klang alles nicht so, als ob es nur um die Römer und um das Reich Israel ginge! Ich bin gleich hin, zu dem Stall. Dort war es ganz bescheiden und rührend: Ein Mann, eine junge Mutter mit einem Kind in Windeln – und das, sagen die Engel, hat uns Gott geschickt! Ein Kind! Dann ist er nicht so fern und

streng und unnahbar – kann es sein, dass er uns – dass er uns lieb hat?

Gut dreißig Jahre später:
Der Samuel hat mich abgelöst, letzte Nacht bei den Schafen. Ich wollte doch einmal sehen, was aus dem Kind von damals geworden ist. Er zieht im Land umher und redet zu den Leuten, und er soll sogar die Kranken heilen; die einen meinen immer noch, dass es um die Römer geht, aber die anderen denken, dass er uns etwas über Gott erzählen will – ich glaube schon, dass es das ist!

Er war im Haus beim Petrus, man ist nicht mehr hineingekommen, so viele Leute waren da. Da haben gerade ein paar Männer einen Gelähmten dahergebracht, ich ging gleich zu ihnen und habe geholfen, ihn aufs Dach zu heben und durch ein Loch hinunterzulassen. Ich konnte hinunterschauen und sehen, wie er bei den Leuten gesessen ist, sogar ein paar Pharisäer waren da. Und dann – dann hat er dem Mann auf der Bahre die Sünden vergeben, nur mit dem Wort: „Deine Sünden sind dir vergeben!" Die Pharisäer waren entsetzt – aber damit sie sehen, dass er Sünden vergeben kann, hat er ihn auch noch gleich geheilt, und der ist mit seinem Bett weggegangen! Das ist es also! Gott hat ihn geschickt, damit wir glauben, dass unsere Sünden vergeben werden können, dass er sich wirklich selber um uns kümmert!

Drei Jahre später:
Das muss eine Nacht gewesen sein – da war ich nicht dabei, aber es ist wie ein Lauffeuer von Mund zu Mund gegangen.

Sie haben ihn umgebracht, sie konnten nicht ertragen, dass ihre Macht schwindet. Grausam umbringen haben sie ihn lassen von den römischen Söldnern, und seine Leute haben ihn ins Grab gelegt, mit den römischen Wachen davor. Und dann ist diese Nacht gekommen und er ist auferstanden, einfach so! Damit wir sehen, dass er nicht nur ein Mensch ist. Er ist Gottes Sohn. Und er ist der Reihe nach zu seinen Leuten gekommen, zu den Frauen, zu den Jüngern – dass sie sehen, dass er wirklich lebt.

Seine Leute verkünden seither überall, was er gesagt hat: Dass Gott uns liebt. Nicht wir ihn zuerst, sondern er uns!

Jetzt muss ich wieder weinen – aber vor Freude!

Tu auf!

Erlösung seit zweitausend Jahren!
Doch: Hat's unser Herz auch erfahren?
Tut auf es sich immer aufs Neue,
dass Liebe zutiefst es erfreue?